BASTEI
LÜBBE

Robert Silverberg

Briefe aus ATLANTIS

Fantasy-Roman

Ins Deutsche übertragen
von Karin Koch

Mit Illustrationen
von Robert Gould

BASTEI
LÜBBE

BASTEI-LÜBBE-TASCHENBUCH
Band 20193

Erste Auflage:
November 1992

Deutsche Lizenzausgabe 1992
Bastei-Verlag
Gustav H. Lübbe GmbH & Co.
Bergisch Gladbach
Originaltitel:
Letters from Atlantis
Lektorat: Reinhard Rohn
Titelillustration: Robert Gould
Umschlaggestaltung:
Quadro Grafik, Bensberg
Satz: Fotosatz Schell, Bad Iburg
Druck und Verarbeitung:
Brodard & Taupin
La Flèche, Frankreich
Printed in France

ISBN 3-404-20193-0

Der Preis dieses Bandes
versteht sich einschließlich der
gesetzlichen Mehrwertsteuer.

… es wartet auf jenen heiteren Augenblick, da das Hirn genau in der geeigneten Verfassung ist, bereit, *die andere Erinnerung einzuschalten,* so wie man elektrisches Licht mit dem Drehen des Schalters einschaltet …

– Kenneth Grahame

...nun lag auf der Insel Atlantis ein großes und wundervolles Reich, das die ganze Insel regierte und noch einige andere dazu, so wie auch Teile des Kontinents; und neben diesen beherrschte es vor den Säulen des Herakles Libyen bis nach Ägypten und Europa bis nach Tyrrhenien ... Doch gewaltige Erdbeben und Flutwellen brachen herein, und nach einem einzigen Tag und einer Nacht des Regens war die Insel Atlantis verschwunden und versunken unter dem Meer.

– Plato: *Timaeus*

◇ EINS ◇

DER PRINZ SCHLÄFT JETZT.
Träumt zweifellos von der grünen goldenen Insel Athilan, ihren Marmorpalästen, ihren leuchtenden Tempeln. Von ihm unbemerkt habe ich seinen Körper geborgt – seinen guten, starken rechten Arm –, um diesen Brief für mich zu schreiben.

Also:

Von irgendwo aus der Bretagne oder der Normandie, und von irgendwann, ich vermute Heiligabend im Jahre 18.862 v. Chr., viele Grüße und Frohe Weihnachten, Lora!

(Ob er Dich wohl jemals dort draußen in dem eiskalten Land im Osten erreicht, das eines Tages Polen oder Rußland sein wird? Die Chancen stehen vermutlich kaum fünfzig zu fünfzig, auch wenn Du hier im selben prähistorischen Jahr steckst wie ich. Aber uns trennt ein ganzer Kontinent. Bei den Verkehrswegen hier ist das fast so, als befänden wir uns in verschiedenen Welten.

Ich werde den Prinzen veranlassen, den Brief in den Sack mit der üblichen Diplomatenpost zu schmuggeln, der nächste Woche abgeht, und der Königlich Athilantische Kurier wird ihn dann mitnehmen, wenn er sich quer durch die

Tundra bis zu der Poststation durchschlägt, in der ich Dich vermute. Mit etwas Glück bist Du tatsächlich dort, und wer es auch sein mag, in dem Du reist, er wird Zugang zu den königlichen Dokumenten haben, die der Kurier bringt. Da ich dies in Englisch schreibe, wird er nicht die leiseste Ahnung haben, was darin steht. Aber Du, die durch seine Augen schaut, wirst es verstehen. Und vielleicht kannst Du mir dann sogar eine Antwort zuschicken. Meine Güte, es wäre wunderbar, einen Brief von Dir zu erhalten! Wir sind erst so kurze Zeit getrennt, und es kommt mir schon wie eine Ewigkeit vor.)

Die Chancen für einen regelmäßigen Gedankenaustausch mit Dir stehen wohl eher schlecht. Aber ich kann es wenigstens versuchen. Und schlimmstenfalls können mir die Aufzeichnungen helfen, alles, was ich hier erfahre, klarer ins Bild zu rücken. Wenn ich dann später wieder daheim in unserer Zeit bin, kann ich es im Rückblick sinnvoller ordnen.

Dies ist der siebte Tag der Mission. So weit läuft alles recht gut.

Zunächst hieß es natürlich, mit dem Zeitsprung-Trauma fertig werden. Das war schon ein Hammer, nicht ganz so schlimm zwar, wie ich es mir vorgestellt hatte – aber ich hatte ja auch mit dem Allerschlimmsten gerechnet. Es war schließlich ein mächtig großer Sprung – der größte, den einer von uns bisher gemacht hat.

Das höchste war bis dahin für mich im Training so um die neunzig Jahre herum gewesen, und dies ist ein Sprung von *einhundertachtzig Jahrhunderten.* Ich war also darauf gefaßt, mit Blitz und Donner in den Geist des Prinzen hineinzufahren, heftig genug, um mich eine ganze Woche lang auszuschalten. Und es ging wirklich ziemlich rauh dabei zu, das kannst Du mir glauben.

Die Abstimmung war allerdings perfekt. Es waren ja auch vorab verschiedene Suchexpeditionen in der Zeit durchgeführt worden, um ein Mitglied der königlichen Familie zu finden, das für mich als Wirtsträger in Frage kam. Und es ist ihnen wirklich gelungen, mich auf Anhieb mitten im Geist von keinem Geringeren als dem Thronerben selbst landen zu lassen!

Ich werde den Moment der Landung im Leben nicht vergessen, es fühlte sich genauso an, wie ich mir immer den Aufprall auf dem Wasser nach einem sehr ungeschickten Sprung von einem sehr hohen Sprungbrett vorgestellt habe. Der Schmerz war echt und ziemlich heftig. Er hätte mir glatt den Atem verschlagen, wenn ich zu dem Zeitpunkt welchen gehabt hätte.

Dann kam dieser wilde Augenblick, wenn Dein Geist auf den anderen trifft, dieses Gefühl völliger Orientierungslosigkeit, das Du selbst nur zu gut kennst – der Punkt, an dem Du schwerlich sagen kannst, ob Du noch *Du* bist oder jemand anders – und dann fiel ich in Ohnmacht.

Der Prinz natürlich auch.

Wir waren wohl anderthalb Tage ohne Bewußtsein, vielleicht auch noch länger. Darum bin ich auch nicht sicher, ob heute wirklich Heiligabend ist. Als ich wieder zu mir kam und genug linguistische Verknüpfungen gefunden hatte, um verstehen zu können, was ich hörte, versuchte ich herauszufinden, wie lange der Prinz und ich weggetreten gewesen waren. Dabei hielt ich mich an die Bemerkungen der Höflinge:

»Wir sind überglücklich, Hoheit, daß die Dunkelheit für Euch ein Ende gefunden hat.«

»Zwei Tage und eine Nacht haben wir gebetet, Hoheit! Zwei Tage und eine Nacht wart Ihr von uns gegangen!«

Ganz so lang war es aber wohl doch nicht gewesen. Wie Du vielleicht schon selbst herausgefunden hast, entspricht ihr System von Tagen und Wochen nicht ganz dem unsrigen; mit einem ›Tag‹ bezeichnen sie nur die Zeit zwischen Morgendämmerung und Sonnenuntergang, die dunklen Stunden werden ›Nacht‹ genannt, und die nächstgrößere Einheit ist eine Gruppe von zehn ›Tagen‹ und ›Nächten‹ hintereinander, was nach unserer Zeitmessung eine Fünf-Tage-Woche ergibt, wenn mich nicht alles täuscht. Zwei Athilantische Tage und eine

Nacht wären dann also eineinhalb Tage. Aber wenn man die Zeit ab dem Tag rechnet, an dem wir unser Heimatjahr verließen und dann die Zeit hinzufügt, die meiner Meinung nach seitdem vergangen ist, dann ist heute Heiligabend.

(Aber wie ist das eigentlich, Lora, kann man diesen Tag überhaupt als Heiligabend bezeichnen, wenn wir uns Tausende von Jahren vor Christi Geburt aufhalten? Ich denke doch. Wir sind schließlich von einem Heimatjahr ›n. Chr.‹ gestartet. Aber der Gedanke kommt mir schon ein wenig seltsam vor. Eigentlich ist ja *alles* an diesem Unternehmen ein wenig seltsam, angefangen damit, daß Du und ich nur noch aus einem Netz von elektrischen Impulsen bestehen und Tausende von Jahren in die Vergangenheit geschleudert wurden, während unsere Körper im Tiefschlaf zurückblieben. Aber wenn ich mir einrede, daß heute Heiligabend ist, dann fühle ich mich dadurch hier ein wenig heimischer. Und ich habe es weiß Gott nötig, mich gerade jetzt ein wenig heimischer zu fühlen. Ich kann mir vorstellen, daß es Dir in der gefrorenen Einöde da draußen bei dem Mammutjäger-Volk genauso geht.)

Die Verbindung mit dem Geist des Prinzen ist sehr gut. Ich kann jeden seiner Gedanken lesen und verstehen, was man ihm erzählt, ich kann seinen Herzschlag verfolgen, seine Atmung und den Hormonausstoß seines Drüsensystems. Ich bin in der Lage, jede Bewegung seines Körpers vorwegzuahnen, bevor er selbst sich überhaupt bewußt ist, daß er diese Bewegung ausführen wird. Ich fange die Impulse auf, die von seinem Hirn an die Muskeln ergehen, und ich spüre es, wenn die Muskeln anfangen zu reagieren. Wenn ich es wollte, könnte ich jederzeit seine bewußten Befehle überlagern und seinen Körper dazu bringen, alles auszuführen, was mir gerade in den Sinn kommt. So etwas würde ich natürlich nicht tun – zumindest nicht, während er bei vollem Bewußtsein ist. Ich möchte nicht, daß er auf die Idee kommt, er sei von einem Dämon besessen, auch wenn ihm strenggenommen genau das zugestoßen ist.

Was ist das für ein Gefühl, Lora, wenn man sich wie ein böser Geist vorkommt? Gar nicht so angenehm, oder? Aber nüchtern betrachtet sind wir wohl nichts anderes.

Der Prinz hegt ganz sicher nicht den leisesten Verdacht, daß in dieser Weise von ihm Besitz ergriffen wurde, daß ein Eindringling aus ferner Zukunft in ihm steckt, der sich unaufspürbar wie eine Decke aus Nebel um sein ganzes Nervensystem gewickelt hat.

Ich weiß, daß er meine Ankunft gespürt hat, er mußte den Anprall einfach merken. Aber er hatte keine klare Vorstellung, was da vor sich ging.

»Ein Gott hat meine Seele berührt, mit der Spitze seines Fingers«, verkündete er seinem Gefolge. »Ich ward in Finsternis gestürzt. Jedoch den Göttern gefiel es, mich zu berühren, und wer kann sagen, warum?«

Eine Art Anfall mit anderen Worten. Und dann ein Tag und eine Nacht und noch ein Tag ohne Bewußtsein.

Nun, die Wege der Götter sind unergründlich. Soviel jedermann weiß, hat sich der Prinz vollständig von dem erholt, was ihn niedergeschmettert hat. Ich bleibe im Verborgenen, kauere unsichtbar in seinem Geist, ein rätselhaftes Netz elektrischer Impulse, das mit keiner den Athilantern bekannten Methode aufspürbar ist.

Und nun schläft er. Seine Träume kann ich natürlich nicht lesen – diese Schicht seines Geistes liegt zu tief, als daß ich sie erreichen könnte, aber sein Körper ist zur Ruhe gekommen, ganz entspannt. Darum träumt er bestimmt von seiner Heimat, der warmen, lieblichen Insel Athilan. Höchstwahrscheinlich glaubt er, in seinem weichen Bett zu liegen.

Aber da irrt er sich.

Vor ein paar Minuten habe ich ihn aufstehen und zu seinem prächtigen, schimmernden Schreibtisch hinüber schlafwandeln lassen, der ganz aus erlesenen Hölzern südlicher Länder gefertigt ist. Und in diesem Augenblick sitzt er aufrecht und quält sich damit herum, den Brief für mich zu schreiben. Er nimmt gewissermaßen ein Diktat auf – ein königlicher Prinz, der nach Diktat schreibt. Aber das wird er kaum je erfahren.

Der einzige Hinweis darauf könnte höchstens das steife Gefühl in seinem rechten Arm und der Hand sein. Die Form der Buchstaben, die wir benutzen, ist grundverschieden von den Ahtilantischen Schnörkeln und Spiralen, an die er gewöhnt ist, und seine Muskeln strengen sich an und verkrampfen, während er schreibt. Wenn er aufwacht, wird er jedoch keine Ahnung haben, warum sein Arm ein wenig schmerzt.

Wir sind nahe an der Meeresküste, bereiten uns darauf vor, das Lager abzubrechen und an Bord eines Schiffes nach Athilan zu gehen. Die Athilanter haben hier einen recht großen Außenposten von vielleicht drei- oder vierhundert Menschen. Der Name des Ortes scheint Thibarak zu sein. Es gibt kleine primitive Ansiedlungen der Festlandsbewohner, die überall weit in der Landschaft verstreut liegen. Für die Eingeborenen, die nach Thibarak kommen, um mit den Athilantern Handel zu treiben, sind die mächtigen Inselbewohner Götter. Ich vermute, das gilt in ganz Europa, so weit wie das Ahtilantische Imperium reicht.

Die Landschaft ist hier sehr rauh und wenig

einladend, aber wohl nicht ganz so wie bei Dir in Naz Glesim. Hier gibt es keine Gletscher, keine Eisfelder; das ganze Eis ist mittlerweile nach Norden und Osten zurückgewichen, aber der Untergrund ist roh, zerschrundet, öde und feucht, rauh und felsig. Es ist ziemlich kalt. Ich bezweifle, daß die Temperaturen je über die Frostgrenze hinausgekommen sind, seit ich hier bin, und das, obwohl die Tage hell und sonnig sind. Doch es ist wohl bereits um einiges wärmer als in den letzten paar Jahrhunderten oder als da draußen bei Dir, wo das Eis alles fest im Griff hat. Hier gibt es einige Birken und Weiden und ein paar Pinien. Manchmal habe ich Mammuts und Bisons gesehen, aber nur vereinzelt; die großen Eiszeittiere mögen diese neuen Wälder nicht und sind in kältere Gegenden abgewandert, wo sie besser grasen können.

Der Name des Prinzen lautet Ramifon Sigiliterimor Septagimot Stolifax Blayl, was so viel heißt: Liebling der Götter und Licht des Universums. Aber niemand nennt ihn so, denn das wäre ein Sakrileg. Das habe ich beim Herumstöbern in seinen tieferliegenden Erinnerungen herausgefunden. Seine Eltern nennen ihn kurz und schmerzlos Ram. Bei seinen Geschwistern heißt er Premianor Tisilan, was Erster der Familie bedeutet. Alle anderen nennen ihn Stoy Thilayl, also Eure Hoheit.

Er ist achtzehn Jahre alt, dunkelhaarig, von

olivenfarbener Haut und sehr stark, mit mächtigen Schultern und Unterarmen. Er wäre gern größer – tatsächlich ist er nicht sehr groß, nicht einmal für athilantische Verhältnisse, und er ist darüber nicht sonderlich glücklich, obwohl er weiß, daß man nichts daran ändern kann. Im allgemeinen scheint er gutmütig und tüchtig zu sein. Eines Tages, wenn alles für ihn gut läuft, wird er der große Darionis von der Insel Athilan sein, oder mit anderen Worten: König von Atlantis.

Was würde er wohl denken, wenn er wüßte, daß seine wundervolle Insel Athilan, auf der ein derart glorreiches Imperium gewachsen ist, das die gesamte eiszeitliche Welt beherrscht, in ein paar hundert Jahren zum Untergang verurteilt ist; so restlos zerstört sein wird, daß die Völker zukünftiger Zeitalter ihre Existenz nur für einen hübschen Mythos halten.

Und wie würde er wohl reagieren, wenn er erführe, daß die Völker aus der Zukunft über einen Abgrund von nahezu einundzwanzigtausend Jahren Beobachter zurücksenden, um etwas über dieses Athilantische Imperium herauszufinden, und daß einer davon in diesem Augenblick direkt in seinem Kopf hockt.

Nun, seine Meinung darüber werde ich wohl kaum erfahren. Das letzte, was ich tun würde, wäre, ihm auf die Schulter zu klopfen und zu sagen: »He, Prinz, rate mal, wer hier ist!«

Ich hoffe, daß bei Dir dort im eisigen Hinterland alles in Ordnung ist. Ich denke die ganze Zeit an Dich und vermisse Dich mehr, als gut für mich ist. Schreib mir, wenn Du kannst. Erzähl mir alles, was Dir zugestoßen ist. Alles!
Später mehr.
Alles Liebe –

– *Roy*

◇ ZWEI ◇

VIER TAGE SIND SEIT MEINEM LETZTEN BRIEF VERGANGEN.

Ich meine vier unserer 24-Stunden-Tage, nicht diese halben ›Tage‹, die die Athilanter haben. Wir sind immer noch hier an dieser öden, eiskalten Küste. Die Athilantischen Schiffe warten im Hafen von Thibarak darauf, uns zur Insel zu bringen, aber es müssen noch zahlreiche Zeremonien und Rituale abgehalten werden. Tausende von Festlandbewohnern sind aufgetaucht, um den Prinzen zu verabschieden, wenn er sich denn aufmacht, nach Hause zu fahren. Es ist wohl nichts Alltägliches, einen Prinzen von königlichem Geblüt hier zu Besuch zu haben.

Und so gibt es jeden Tag brausende Freudenfeuer, Stieropfer und endlose Gesänge. Prinz Ram steht das Ganze mit tadelloser Haltung durch. Man merkt, daß er von Kindheit an dazu erzogen wurde, das Imperium zu regieren, und er weiß ganz genau, was dazu gehört.

Ich bin zwar noch nicht viel von meinem Ausgangspunkt herumgekommen, aber mag dieser Ort auch noch so provinziell sein, so ist er auf seine eigene Art doch ungemein faszinierend. Es ist zwar nicht das strahlende, wundervolle

Atlantis, aber es ist die *Vergangenheit*, Lora, die ferne und unheimliche, prähistorische Vergangenheit!

Einfach nur hier zu sein ist schon erstaunlich. Jede Minute bringt etwas Neues. Ich möchte mich so gern zu Dir umdrehen und sagen können: »Schau Dir das an, Lora, ist das nicht unglaublich?« Aber Du bist ja nicht hier. Du bist weit entfernt in Osteuropa. Wenn wir diese Reise doch nur zusammen hätten machen können! (Ich weiß, ich weiß, in gewisser Weise *sind* wir zusammen. Aber ich bin hier, und Du da draußen, eben nicht beide am selben Ort. Du brauchst mir jetzt nicht zu erklären, daß es unnötig wäre und doppelt soviel Energie kosten würde, zwei Beobachter sowohl in dieselbe Zeit als auch an denselben Ort zu schicken. Ich weiß das alles, aber ich wünsche mir trotzdem immer noch, Du wärst hier, nahe genug, daß wir uns jeden Tag miteinander unterhalten könnten.)

Weil das aber nicht der Fall ist, erzähle ich Dir, was ich hier so in Erfahrung bringe. Und eines Tages habe ich vielleicht auch das Glück, zu hören, wie es Dir ergangen ist.

Der Unterschied zwischen den Athilantern und den Festlandsbewohnern ist extrem. Ich meine nicht nur den kulturellen Unterschied, der sogar noch größer ist als die Kluft zwischen sagen wir, den Römern aus Cäsars Tagen und den Wilden, die damals in den Wäldern Germaniens lebten. Das war Eisenzeit gegen Bronzezeit; dies hier ist Eisenzeit gegen Steinzeit. Nein, ich meine auch den physischen Unterschied. Du wirst das wohl auch sehen. Es handelt sich hier um zwei verschiedene Arten von Menschen.

Korrigiere mich, wenn ich mich irre, aber mein Eindruck ist, daß die Festlandsbewohner hier in Thibarak von den Archäologen zur Solutre-Kultur gerechnet werden, die in diesem Teil Europas ein paar tausend Jahre nach den Cromagnon-Menschen lebten. Diese Solutre-Menschen sind groß, schlank und hellhaarig und ähneln ein wenig den Wikingern. Sie tragen Lederkleidung, die recht ordentlich zusammengenäht ist, und sie benutzen Steinwerkzeuge, die nach meinem Dafürhalten elegant aussehen, lang, dünn und spitz, mit ein paar zierlichen, eingeritzten Streifenmustern an den Kanten. Sie richten ihr Zuhause zumeist in niedrigen Höhlen oder an geschützten Stellen unter vorspringenden Felsen ein, doch entnehme ich auch Prinz Rams Geist, daß sie sich in wärmeren Zeiten kleine, wenig stabile Hütten aus Flechtwerk bauen.

Die Athilanter haben nichts mit ihnen gemeinsam.

Die Insulaner sind viel kleiner und gedrungener als die Festlandsbewohner, mit dunklem Haar und eher dunkler Haut. Ihre Augen sind braun oder schwarz, niemals blau. Es ist eigentlich ein mediterranes Aussehen, griechisch oder spanisch, und doch stört mich etwas an dieser Klassifizierung, das ich nicht so recht greifen kann. Ihre Wangenknochen sind eigentümlich schräg gestellt, der Mund ein wenig zu breit, die Kopfform insgesamt ungewöhnlich. Vielleicht hast Du es auch schon bemerkt, wenn es auch nur fünf oder sechs Athilanter dort draußen in Naz Glesim geben mag, und mir hier Hunderte für meine Beobachtungen zur Verfügung stehen.

Nach meiner unmaßgeblichen Theorie sind die Athilanter die Vorfahren der mediterranen Völker unserer Zeit, aber die heutigen Mittelmeervölker unterscheiden sich natürlich geringfügig von ihnen, weil durch die Jahrtausende der Evolution und der Vermischung seit dem Untergang von Athilan Veränderungen stattgefunden haben. Dies ist jedoch nur eine Vermutung, und möglicherweise eine weit hergeholte.

Am meisten wundert es mich, wie überlegen die Athilanter den Festlandsbewohnern in technischer Hinsicht sind. Atlantis war wirklich ein Königreich voller Magie! Wenn man es sich recht überlegt, ist es kaum zu glauben – eine reiche und weit entwickelte Seemacht, die sich auf den Gebrauch von Eisen und Bronze versteht, eine Zivilisation, mindestens so fortgeschritten wie die griechische oder römische, so weit zurück in der Steinzeit liegt!

Seltsam, daß die Archäologen nie irgendwelche Artefakte von ihnen gefunden haben. Keine Bronzeschwerter oder -dolche unter Cromagnon-Steinwerkzeugen, keine ihrer Skulpturen, keine Fragmente von Gebäuden, die sie an solchen Außenposten auf Europas Festland errichteten, an denen wir beide uns zur Zeit aufhalten. Auch wenn die Ausgrabung alter Ruinen seit ein paar Jahrhunderten ernsthaft betrieben wird, so haben wohl auch moderne Archäologen teilweise nur die Oberfläche der verschütteten Überreste alter Kulturen angekratzt und bisher einfach nicht das Glück gehabt, irgendwelche athilantischen Gegenstände aufzuspüren. Vielleicht rosten Bronzedolche auch bis zur Unkenntlichkeit in zwanzigtausend Jahren, während Steinwerkzeuge ewig halten. Das ist aber auch keine hundertprozentige Erklärung.

Aber ich habe auch dazu natürlich eine Theorie, Lora.

Die unterdrückten Völker könnten sich – nach dem Fall von Atilan – erhoben und systematisch die letzten Spuren ihrer athilantischen Herren beseitigt haben, jede Waffe, jedes Werkzeug und jedes Teil einer Skulptur, den sie finden konnten. Sie könnten jede einzelne Scherbe ans Meer geschleppt und dort versenkt haben. Aus einem mächtigen Verlangen nach Rache tilgten sie die Athilanter von der Oberfläche der Erde. Und der Meeresschlamm von zwanzigtausend Jahren erledigte den Rest.

Was hältst Du davon?

Früher oder später wird uns die Zeitforschung die Antwort bringen, soviel ist sicher. Wir werden den genauen Zeitpunkt der Zerstörung von Athilan festlegen und Beobachter nach Europa senden, um zu sehen, was danach geschah. Aber im Augenblick scheint mir meine Idee so gut wie jede andere zu sein, die bisher dazu geäußert wurde.

Ich habe gerade jetzt viel Zeit, mir solche Theorien auszudenken. Und gleichgültig, was ich vor kurzem sagte, ich muß gestehen, daß mich dieser Ort langsam anödet. Ich will mich bewegen. Ich will Atlantis sehen.

Es ist ziemlich frustrierend zu wissen, daß die königlichen Schiffe im Hafen bereit liegen, um uns zu jenen schönen, warmen und märchenhaften Gefilden da draußen im Ozean zu bringen, und ich hänge statt dessen hier an diesem kalten, elenden Fleck irgendwo an der Küste Frankreichs fest, während endlose Rituale und Opfer abgehalten werden und Ströme von Stierblut über den felsigen Boden fließen. Prinz Ram steht oben auf einem Turm aus Flechtwerk, lächelt, winkt und verstreut Händevoll Korn unter die Eingeborenen, die zu seinen Füßen herumkriechen. Stell dir das vor, *Korn,* im Europa der Steinzeit, wo doch die Landwirtschaft erst weitere zehn- oder fünfzehntausend Jahre später entdeckt worden sein soll! Während der Prinz das Getreide wirft, kommen die Einheimischen in langen Reihen einer nach dem anderen heran und fangen es auf, mehr Menschen, als ich zu jener Zeit in der ganzen Welt vermutet hätte.

Ich möchte wirklich nicht länger an diesem miesen, abgelegenen Handelsposten herumhängen. In gewisser Weise ist es ja ganz aufregend. Aber es ist eben auch kalt und rauh und primitiv, und es ist nicht Atlantis. Ich will Atlantis sehen. Herr je, wie sehr ich mich danach sehne, Atlantis zu sehen! Wie ich mein Glück kenne, ist die ganze Insel längst im Meer versunken, bevor ich dort ankomme. Wir sind uns schließlich über den genauen Zeitpunkt dieser letzten Flutkatastrophe gar nicht sicher. Es könnte schon nächste Woche passieren, obwohl ich lieber glaube, daß bis dahin noch viel Zeit vergeht. Nichtsdestotrotz sitze ich hier herum und warte.

Ich vermisse Dich so sehr.

Bis zum nächsten Mal –

– Roy

◇ DREI ◇

AUF SEE GESCHRIEBEN.
Es ist mir peinlich, zuzugeben, daß ich schon jetzt nicht mehr weiß, welches Datum wir haben, aber es muß wohl gerade nach dem Jahreswechsel sein – nach dem Kalender unserer Zeit zumindest.

Nach Athilantischem Kalender ausnahmsweise auch; ich habe herausgefunden, daß die Athilanter ihr Jahr am Tag der Wintersonnenwende beginnen, unserem 21. Dezember. Das ist ja auch verständlich: an dem Tag beginnt die Sonne ihre Rückkehr, und die Tage werden wieder länger.

(Wenn Du eine funktionierende Methode entwickelt hast, den Zeitablauf zu verfolgen, könntest Du mir dann helfen, Lora? Gib mir in Deinem Brief einen Hinweis, vielleicht in Bildern der Mondphasen, auf das genaue Datum in unserer Zeit. Es ist zwar im Moment noch nicht allzu schlimm, nicht zu wissen, welcher Tag heute ist, aber wenn der Augenblick zur Rückkehr in unsere eigene Zeit näherrückt, könnte das größere Probleme geben. Ich hätte nicht alles so durcheinander bringen dürfen. Dumm von mir!)

Wie dem auch sei, ich nehme an, daß wir nach

unserem Kalender heute den 3. Januar 18.861 v. Chr. haben. Ich kann mich dabei höchstens um ein oder zwei Tage vertun. Also: Ein Frohes Neues Jahr, Lora! (was sind schon ein oder zwei Tage mehr oder weniger ...) Ein Frohes Neues Jahr! Aber es ist wirklich schwierig, athilantische Tage ständig in unsere eigenen umzurechnen und auch ziemlich blöde, einen Kalender zu verwenden, der hier keinerlei Bedeutung hat. Wahrscheinlich benutzt Du jetzt sowohl den athilantischen Kalender als auch weiterhin den unserer Zeit. Da ich unser Datum nicht mehr genau weiß, kann ich ebensogut zum örtlichen System überwechseln. Und wie ich aus Prinz Rams Geist entnehme, ist dann heute der 13. Tag des Monats des neuen Lichts im Jahr des Großen Flusses. Auch gut.

Also noch mal von vorn –

13. Tag, Neues Licht, Großer Fluß. An Bord des königlich-athilantischen Schiffes *Herr des Tages,* von der Bretagne unterwegs mit Ziel Insel Athilan!

Du müßtest diese Schiffe sehen, Lora! Du würdest sie kaum für möglich halten.

Nach allem, was ich in der kurzen Zeit, die ich jetzt hier bin, über den allgemeinen Stand der athilantischen Kultur erfahren habe, hatte ich irgendwas in Richtung griechischer oder römischer Galeere erwartet, zwei oder drei Bankreihen Ruderer und ein Segel vielleicht. Oder eventuell ein Kauffahrer – weißt Du, ein reines Segelschiff, rahgetakelt oder mit einem Lateinersegel.

Lora, dies ist eine Art Dampfschiff. Ich mache keine Witze. Ein *Dampfschiff*. Im Paläolithikum!

Unglaublich. Unfaßbar.

Ich habe letztes Mal gesagt, die Athilanter wären ein Volk der Eisenzeit, das in der Steinzeit lebt. Das war reichlich untertrieben, denn ich hatte bisher keine Gelegenheit, meine Umgebung sorgfältig genug zu studieren. Dieses Volk steht nicht etwa auf der gleichen kulturellen Stufe mit den Griechen oder den Römern, wie ich bisher geglaubt habe – nein, sie verfügen mindestens über die Technologie des neunzehnten Jahrhunderts, und vielleicht sind sie auch dieser Zeit noch voraus. Ich konnte das auf dem Festland nicht erkennen, und Du kannst es vielleicht da draußen auch nicht sehen. Aber dieses Schiff hat mir die Augen geöffnet.

Dabei bin ich mir gar nicht mal sicher, ob sich wirklich Dampfmaschinen dort unten befinden, oder sich im Maschinenraum nicht vielleicht ein Team von Hexenmeistern drängelt, die mächtige Turbinen durch gemurmelte Zaubersprüche in Gang halten. Ich weiß wirklich nicht, *was* da unten ist, und Prinz Ram weiß es auch nicht. Mit lästigen technischen Einzelheiten müssen sich Prinzen anscheinend nicht herumschlagen. Ich würde ihn allzu gern im Schlaf unter Deck hinunter wandeln lassen, damit ich mich umsehen kann, aber ich traue mich nicht so recht, bevor ich mir nicht absolut sicher bin, daß meine Kontrolle über seinen Geist gut genug funktioniert, um ihn so lange schlafen zu lassen, wie ich es möchte. Ich will nicht, daß er plötzlich aufwacht und sich im Maschinenraum unten wiederfindet, wo jemand von seiner hohen Stellung normalerweise nichts zu suchen hat. Und sich dann womöglich fragt, was in seinem Hirn Seltsames vor sich geht.

Soviel kann ich Dir jedoch sagen: das Schiff ist groß, so lang wie eine stattliche Yacht, mit flachem Heck und extrem hohem Kiel. Der Rumpf ist aus Metall, vermutlich Eisen, aber nach allem, was ich weiß, ist dieses Volk wohl durchaus fähig, Stahl herzustellen. Lies erst einmal weiter, bevor Du diesen Gedanken verwirfst.

Es hat einen langen Mast, aber keine Spur von Takelung oder Leinen. Entweder hat der Mast einen heiligen Zweck, oder es ist eine Art Antenne, aber er dient nicht dazu, Segel zu halten. Es gibt auch zwei Schornsteine oder Schlote. Ich habe jedoch nie beobachtet, daß Rauch aus ihnen aufgestiegen wäre. Ich kann ein sehr schwaches, aber regelmäßiges Vibrieren spüren, als wären irgendwelche Maschinen bei der Arbeit. Das ist alles, was ich weiß.

Oh, noch etwas. *Diese Leute verwenden Elektrizität.*

Ich weiß, das klingt verrückt. Das erste Mal, als ich das Licht angehen sah, war ich der Meinung, der Prinz sähe Gespenster. Oder ich hätte die Daten falsch gelesen, falsche Sensorentsprechungen für das herausbekommen hätte, was ihm durch den Kopf ging. Oder daß *ich* Gespenster sehen würde. Ich kann Dir sagen, Lora, es traf mich wie ein Erdbeben. Es haute mich um, ich war völlig verwirrt, durcheinandergebracht, orientierungslos. Einen Moment lang fragte ich mich, ob ich meinen Wahrnehmungen überhaupt noch trauen konnte. Vielleicht sah ich ja nur noch weiße Mäuse. Paläolithische *Elektrizität*?

Aber auch nach wiederholter Überprüfung drang das Signal klar und deutlich von ihm zu mir durch. Ich nahm das gleiche wahr wie Prinz Ram. Es war also kein Fiebertraum. Ich hatte hier elektrisches Licht, Lora. Wie unglaublich das auch immer klingen mag.

Vorher, auf dem Festland, war alles mit ordentlich prähistorisch aussehenden, stinkenden und rußenden Öllampen beleuchtet gewesen, so wie bei Dir da draußen bestimmt auch. Aber in jedem Korridor auf diesem Schiff, den ich bis jetzt gesehen habe, und wohl auch in jeder Kabine, gibt es elektrisches Licht. Sie haben sich wahrscheinlich bloß nicht die Mühe gemacht, an den Außenposten auf dem Festland Generatoren aufzustellen, vielleicht gibt es dort für sie auch keine verfügbare Energiequelle. An Bord dieses Schiffes müssen sie jedoch eine Art Generator haben, der wie bei uns zu Hause die Kilowatts auswirft.

Die Glühbirnen sind groß und unhandlich, und sie geben ein hartes, blendendes Licht ab, aber es ist fraglos elektrisch. Ich habe gesehen, wie Prinz Ram in seiner Kabine das Licht an- und abgeschaltet hat, indem er eine Platte in der Wand berührte.

Es fällt mir nicht schwer, mir einzureden, daß ich an Bord eines Schiffes aus dem zwanzigsten Jahrhundert bin – eines etwas seltsamen Schiffes zwar, das in einem geheimnisvollen Land von jemandem gebaut worden ist, der das Konzept eines Ozeandampfers am Reißbrett erfunden hat, ohne je ein Schiff aus Europa oder den Vereinigten Staaten gesehen zu haben, aber in allen wichtigen Details mit ihnen übereinstimmt. Und dabei weiß ich doch, daß ich hier am Ende der Eiszeit hocke, unter wolligen Mammuts und zottigen Nashörnern, die dort umherstreifen, wo eines Tages Paris und London liegen werden.

Wer sind diese Athilanter bloß? Wie konnten sie so etwas erreichen, Zehntausende von Jahren abseits der normalen kulturellen Evolution? Ich verstehe das einfach nicht. Urplötzlich, inmitten einer Welt, die immer noch Feuersteinäxte benutzt, blüht eine Gesellschaft auf, die über Metalle verfügt, über Technik, Architektur, sogar über Elektrizität – es ist verrückt, Lora. Es will mir nicht in den Kopf. In den alten Mythen heißt es, die Atlanter waren ein großes Volk, aber nicht, daß sie Wunder vollbrachten.

Nun, lassen wir es damit erst mal genug sein. Ich muß Dir noch viele andere Sachen erzählen.

Ich bin jetzt ziemlich sicher, daß die Stelle, von der aus wir gestartet sind, an der Küste der Bretagne lag. Als wir daheim in unserer Zeit anfingen, uns auf die regierende Kaste als Zielpunkt für mich zu konzentrieren, wußten wir, daß die bedeutenden Mitglieder der königlichen Familie regelmäßige Inspektionsfahrten zu den Küstenprovinzen unternahmen, und daß ich eher im alten Frankreich als in Athilan selbst herauskommen würde, falls sie mich in den Geist eines hohen Prinzen hineinexpedierten.

Höchstwahrscheinlich waren die Steinwerkzeuge, die die Festlandbewohner verwendeten, im Frankreich jener Tage üblich. Und der Hafen lag günstig. Ob Thibarak nun Cherbourg oder Le Havre gewesen ist, kann ich nicht sagen; aber wenn ich meine Geographiekenntnisse nicht allzusehr durcheinandergewürfelt habe, dann haben wir gerade den Ärmelkanal durchquert – an klaren Tagen schien es mir fast, als könnte ich die englische Küste im Norden sehen –, und jetzt fahren wir weit hinaus in den Atlantik, schlagen einen Bogen um Portugal herum bis zum Tor des Mittelmeers. Genau dort haben unsere Archäologen ja auch die Insel Atlantis vermutet: irgendwo zwischen den Kanarischen Inseln und den Azoren.

Das Wetter wird mit jedem Tag milder und wärmer. Vögel, sanfte Brisen (und das mitten in einem Eiszeitwinter!), Massen von treibendem Seetang. Es regnet häufig, im Grunde genommen täglich, aber es ist ein freundlicher Regen, und wenn danach die Sonne durchbricht, sind die Regenbögen atemberaubend schön. Besonders wenn ich mir vorstelle, daß Atlantis an ihrem Ende liegt.

Das Leben an Bord des Schiffes ist –

Oh, oh – Ärger –

Sechs oder sieben Stunden später am selben Tag.

Das war knapp. Ich ließ den Prinz diesen Brief schreiben, und man hat mich beinahe erwischt.

Ram war in seiner Kabine und saß in einem dieser hängemattenähnlichen Dinger, die es auf diesem Schiff gibt. Ich hatte ihn in Trance versetzt und war gerade dabei, Dir alles über das Wetter auf See zu erzählen, als plötzlich sein Leibsteward hereinkam, vermutlich, um das Zimmer aufzuräumen.

Bei den Athilantern ist es nicht üblich, anzuklopfen. Sie geben eine Art hohen Pfeifton von sich, wenn sie einen Raum betreten wollen. Ich war so sehr in das Diktieren meines Briefes versunken, daß ich es nicht einmal bemerkte. Also marschiert der Steward herein, und er sieht den Erben des Reiches kerzengerade in seiner Hängematte sitzen, mit einem eigentümlich abwesenden Gesichtsausdruck.

»Eure Hoheit!« sagt er. Und dann, in echtem Entsetzen: *»Eure Hoheit!?!«*

Er stürzt vor, packt den Prinzen und schüttelt ihn unsanft. Na ja, Du kannst Dir sicher vorstellen, daß ich den Kontakt mit seinem Geist auf der Stelle abbrach. Er fuhr zusammen, blickte verwirrt um sich und schnauzte den Steward an, der ihn gestört hatte, als er ein kleines Nikkerchen halten wollte. So weit, so gut.

Aber ich konnte den Prinzen nicht zurück in Trance versetzen, bevor der Steward die Kabine verlassen hatte. Und bis er wieder hinaus war, hatte der Prinz gerade genug Zeit, auf die Seite Pergamentpapier hinabzublicken, die er in der Hand hielt, und die unsinnigen Zeichen zu betrachten, die darauf gekritzelt waren.

Endlich war der Steward fort, und Prinz Ram saß hellwach da, in einer Hand ein Blatt feinstes Pergament und in der anderen einen Tintengriffel, und das Vellinpapier war übersät mit fremdartigen Zeichen. Zeichen waren es in der Tat, eine Schrift, die auf Erden erst in vielen tausend Jahren jemand lesen können würde.

Er geriet ordentlich ins Grübeln, während er das Blatt dicht vor seine Augen hielt, es drehte und wendete, den Kopf vor Verwunderung schüttelte. Und ich hörte laut und klar seinen Gedanken:

– *Was im Namen aller Götter ist DAS?*

Nun, ich versetzte ihn wieder in Schlaf und versuchte, in seinen Geist einzudringen und die Erinnerung an alles, was er gerade gesehen hatte, auszulöschen. Wie Du weißt, ist das gar nicht so einfach. Man stochert im Kurzzeitgedächtnis des Trägers herum, versucht einen bestimmten Zwischenfall auszulöschen, und wenn man nicht genau aufpaßt, kann man dabei ganz andere Sachen ausradieren, irgend einen halben Tag oder eine ganze Woche, oder man kann sogar damit anfangen, den Unterbau der elementaren Erinnerungen anzukratzen, bevor einem bewußt wird, was man da tut. Ich war also nicht übermäßig zuversichtlich, daß ich die Sache restlos aufgeräumt hatte.

Ich versteckte den Brief. Und dann verbarg ich mich selbst, verfiel in Starre und saß den ganzen Nachmittag reglos in einem Winkel des Unterbewußtseins im Gehirn des Prinzen herum. Ich versuchte auch gar nicht, mit seinen zerebralen Ebenen Kontakt aufzunehmen.

(Das ist wohl das schwerste überhaupt – tief drin liegen müssen, still sitzen, nichts tun. Schließlich können wir nicht schlafen. Und körperlose Wesen wie wir können auch nicht einfach nach draußen gehen und mit einem langen Spaziergang die Zeit totschlagen. Also hocken wir herum, nicht einmal fähig zu zappeln. Wie Gefangene in einem Käfig, der nicht größer ist als das menschliche Gehirn, vollkommen reglos, und zählen die Sekunden und Minuten ab, weil wir nichts anderes zu tun haben. Das macht einen verrückt, nicht wahr? Es ist kaum auszuhalten.)

Ich hätte die Zeit wohl damit verbringen können, durch das Tiefengedächtnis des Prinzen zu stöbern, um ein paar nützliche kleine Informationen über die athilantische Zivilisation aufzutreiben, aber ich traute mich nicht. Er hätte mich vielleicht beim Herumstochern entdeckt, vielleicht durch ein seltsames, juckendes Gefühl in seinem Kopf, und ich wollte nicht noch mehr Verdacht erregen als ohnehin schon. Es schien mir auch so, als gäbe es da eine fremde, neue Nische im Geist des Prinzen, eine Art prickelnder Wachsamkeit.

So etwas war mir schon früher passiert. Aber wenn da mein Wirt einen Bruchteil dessen mitbekommen hatte, was sich in ihm abspielte, war es in ein paar Stunden wieder vorbei gewesen. Auch diesmal lief es so ab. Ram entspannte sich allmählich, die Furche in seinem Geist glättete sich, er widmete sich wieder seinen prinzlichen Aufgaben, als wäre nichts geschehen. Und vor zehn Minuten ist er in seine Kabine zurückgekehrt, um sich auszuruhen. Ich versetzte ihn erneut in Trance und zog den angefangenen Brief aus dem Versteck.

Es ist schon eine recht bizarre Angelegenheit, im Schädel eines anderen Menschen per Anhalter durch die Vergangenheit zu reisen! Obwohl ich das jetzt wohl ein Dutzend Mal getan habe, kann ich mich immer noch nicht völlig daran gewöhnen. Ich weiß nicht einmal, ob ich es sonderlich schätze – ein anderes menschliches Wesen zu einem bloßen Fahrzeug zu degradieren, es in diese oder jene Richtung zu bewegen, wie es mir gerade paßt, seine intimsten Gedanken und Erinnerungen zu durchforsten, als wären sie nur Software, die man beliebig abfragen durfte. Das hat gelegentlich etwas Häßliches an sich. Man kommt sich vor wie ein Spion. Letztendlich kann niemand, egal, wann er gelebt hat, vor uns zeitreisenden Topfguckern irgendwelche Geheimnisse bewahren.

Da es jedoch für uns physisch unmöglich ist, anders als in Gestalt schemenhafter elektrischer Impulse durch die Zeit zu reisen, müssen wir es eben so machen. Und wir können damit ein erstaunliches Wissen wiedergewinnen, das ansonsten ewig im abgrundtiefen Meer der Vergangenheit verloren gewesen wäre.

Wie dem auch sei – nehmen wir den Faden da wieder auf, wo ich ihn vor so vielen Stunden fallen lassen mußte:

Wir fahren offensichtlich in subtropische Gewässer hinein. Selbst während der Eiszeiten gab es im Mittelteil der Erde vermutlich recht angenehmes Wetter, wesentlich regnerischer als in unserer Zeit, aber nicht besonders kalt. Die Luft ist frühlingshaft mild, und jeder an Bord spricht darauf an. Der Prinz hatte sich mit seiner ganzen Gefolgschaft ja nun mehr als ein Jahr auf dem frostigen Festland aufgehalten, und sie sind so wild darauf, nach Athilan zurückzukommen, wie ich, um es zum ersten Mal zu sehen.

An diesem Nachmittag arbeitete der Prinz an einem Bericht für seinen Vater, den König, über den gegenwärtigen Zustand der athilantischen Handelsposten auf dem Festland – wohl der Zweck seiner Reise nach Europa. Auf seinem Schreibtisch lag dabei eine aufgeschlagene Karte, und ich konnte die Ausmaße des Reiches darauf sehen.

Einfach unglaublich!

Die ganze südliche Hälfte des Steinzeit-Europas entlang liegen ihre Vorposten, im Osten bis nach Rußland hinein und bis hinunter nach Nord-Afrika und den Mittleren Osten. Der Handel wird meistenteils über den Seeweg abgewikkelt, aber ein Straßennetz durchzieht auch das ganze Inland. Es ist bewundernswert, wie sie überall Anbindungen geschaffen haben, Kuriere ziehen über ein kunstvoll ausgearbeitetes Netz von Schnellstraßen hin und her. (Nein, ich glaube nicht, daß sie Automobile verwenden – alles was ich bei meinem Aufenthalt in der Bretagne gesehen habe, waren kleine, zweirädrige Wagen, die entweder von kleinen, gedrungenen, feurig aussehenden Pferden oder von Tieren gezogen wurden, die wie mächtige Rentiere aussahen.)

Und all das wird verlorengehen. Es wird so gründlich in Vergessenheit geraten, als hätte es niemals existiert. Die Erinnerung daran wird bloß als Fabel und Mythos überleben, bis zum Zeitalter der Zeitexpeditionen von niemandem wirklich ernst genommen. Der Gedanke daran bricht einem das Herz.

Das athilantische Schnellstraßen-System reicht bis dort hinauf, wo ich die Mitte Deutschlands vermute, und verläuft dann im Zickzack durch Zentraleuropa, wobei die am tiefsten vereisten Gletscherregionen gemieden werden. Eine der Straßen führt direkt nach Naz Glesim, wo Du Dich aufhältst, dem am weitesten östlich liegenden Außenposten des Imperims. Es war ein seltsames Gefühl, den Namen auf der Karte zu sehen und zu wissen, daß Du dort bist.

Thibarak, der Handelsposten an der Küste der Bretagne, wo ich gewesen war, bildet eine Art Hauptstützpunkt für die Operationen des Reiches auf dem Festland – zumindest was den westeuropäischen Teil angeht. Kuriere verkehren ohne Unterlaß zwischen Thibarak und Naz

Glasim, bringen Anweisungen von der Heimatregierung und Berichte von den Provinzstatthaltern. Die Hinreise dauert allein ein paar Monate. Ich kann diese Briefe bestimmt in die Diplomaten-Posttasche schmuggeln, und wenn es Dir wirklich gelungen ist, in den Geist von Statthalter Sippurilayl zu schlüpfen, wie es nach den vorbereitenden Stippvisiten in der Vergangenheit geplant gewesen war, wirst Du sie vielleicht zu lesen bekommen. Vielleicht auch nicht. Versuch es so einzurichten, daß Statthalter Sippurilayl Briefe an Prinz Ramifon Sigiliterimor adressiert. Auf diese Art bekomme ich sie früher oder später zu sehen. Dann müssen wir natürlich bei beiden die Erinnerungen an seltsame Botschaften in unleserlichem Gekritzel, die sie voneinander erhalten, aus ihrem Geist löschen. Aber mit ein wenig Übung ist das wohl nicht allzu schwer.

Ich denke, wir werden Atlantis in ungefähr vier Tagen erreichen. Bei Sonnenuntergang stand der Prinz an Deck, nur mit einer leichten Tunika und einem Umhang bekleidet, und eine sanfte, warme Briste wehte von Süden her.

Arme Lora! Du mußt Dir ja da draußen in der kahlen russischen Steppe den Hintern abfrieren, während ich hier sitze und Dir von herrlichem, frühlingshaften Wetter vorschwärme, an dem wir uns erfreuen. Es war wirklich nicht meine Absicht, Dir das unter die Nase zu reiben.

Schließlich war es einfach nur Glück beim Losen, das mich nach Atlantis und Dich nach Naz Glesim geschickt hat, reiner Zufall, sonst wäre ich vielleicht jetzt derjenige, der in den Hinterwäldern festsitzt. Bei der nächsten Reise kann es genau umgekehrt sein.

(Zu schade, daß sie uns nie in dieselbe Gegend schicken, wenn wir diese Sprünge machen. Ich weiß, ich weiß, sie wollen uns über ein möglichst großes Territorium verteilen. Bestenfalls können wir in dieselbe Ära in unterschiedliche geographische Regionen geschickt werden. Nun, das ist besser als nichts. Wie sie uns gesagt haben, als wir uns freiwillig meldeten, funktioniert die Zeitreise am besten, wenn zwei Menschen als Team ausgeschickt werden, die eine starke emotionale Bindung aneinander haben. Und da haben sie recht. Einfach nur zu wissen, daß Du hier bist – zwar Tausende von Meilen entfernt, aber immerhin in derselben *Zeit* – gibt mir ein Gefühl der Wärme und Geborgenheit. Und das hilft enorm dabei, die furchtbare Einsamkeit zu überwinden, die einen unweigerlich bei dem Gedanken überkommen muß, so fern in der Zeit weit weg von allem und allen zu sein, an denen man hängt. Dennoch würde ich Dich hin und wieder gern *sehen* können. Ich würde Dich gern *berühren* können. Ich würde gern – ach, egal. Immerhin kann ich Dir wenigstens schreiben. Und eines

Tages kommt der Kurier vielleicht aus dem Ostteil des Reiches zurück und hat einen Brief von Dir dabei.)

In der Zwischenzeit rückt Atlantis immer näher.

Bis dann – grüße mir all meine guten Freunde drüben in Naz Glesim, auch wenn ich stark bezweifle, daß es dort welche gibt.

Du fehlst mir sehr.

– Roy

◇ VIER ◇

27. TAG, MONAT DES NEUEN LICHTS, JAHR DES GROSSEN FLUSSES –

Atlantis, Lora! Ich bin in Atlantis!

Auf der Insel Athilan, sollte ich sagen. Sie kam mitten in der Nacht in Sicht, als Prinz Ram schlief. Es pfiff an der Tür, und sie weckten ihn auf, denn er mußte das Ritual der Heimkehr ausführen.

Wir traten auf das Deck hinaus. Und dann sah ich sie schließlich, schimmernd im Mondlicht lag sie direkt vor uns.

Es ist eine steil aufragende Insel, die sich aus dem westlichen Atlantik erhebt. Der große Berg in der Mitte, der Balamoris genannt wird, ist, wie Du vermutlich weißt, der Vulkan, der früher oder später den ganzen Ort in der Versenkung verschwinden lassen wird. Wobei ich inständig hoffe, daß es später als früher geschieht. Aber offensichtlich ist der Balamoris seit Hunderten oder sogar Tausenden von Jahren inaktiv gewesen, und an seinen gewaltigen Hängen bis hinunter in die weite Ebene, die ans Meer reicht, ist eine fantastische Stadt erbaut worden.

Während wir schließlich in Atlantis einliefen, ging mir die Beschreibung von Plato in seinem Dialog *Kritias* durch den Kopf, die wir beide studierten, als wir in der Ausbildung waren. Daß Atlantis ein ›Kontinent‹ sei, reich und schön, mit üppigen Bäumen und Sträuchern, Blüten und Früchten, zahmen und wilden Tieren und kostbaren Mineralien. Und daß die Hauptstadt, an der Südküste gelegen, eine mächtige Metropole sei, mit einem Umfang von fünfzehn Meilen in Form von zwei runden Landstreifen, die durch drei breite Kanäle geteilt wären, mit hohen Steinmauern, Brücken, Türmen und Palästen. In der Innenstadt gebe es einen heiligen Bezirk hinter einer Umfriedung aus Gold, wo die Tempel vergoldet und versilbert wären und ihre Dächer aus Elfenbein beständen.

Ich kann Dich mahnen hören, daß heutzutage niemand Platos Erzählung als historische Quelle ernst nimmt. Nun ja, ich weiß das. Ich habe nicht vergessen, daß er das um 355 v. Chr. herum schrieb, und sogar er räumt ein, daß Atlantis zu dem Zeitpunkt bereits seit 9.000 Jahren nicht mehr bestand. Und das bedeutet, daß er kaum über verläßliches Material verfügte, denn 9.000 Jahre vor Platos Zeit lag Griechenland noch tief in prähistorischer Finsternis. Die herrschende Lehrmeinung war lange Zeit die, daß Plato die ganze Geschichte einfach frei erfunden hatte – daß sie nichts anderes als ein Phantasieprodukt war, ein nettes kleines Märchen. Das weiß ich wohl.

Aber stimmt das? Ich zweifle daran. Jetzt, da

ich mit eigenen Augen einen Blick auf Atlantis werfen konnte, bin ich nicht so sicher, daß Plato sich das alles ausgedacht hat.

Dank der Zeitforschung wissen wir mit Sicherheit, daß Atlantis existiert hat. Vor gar nicht allzu langer Zeit hielt man es für einen reinen Mythos. Aber nein: jetzt haben wir den Beweis, daß eine außergewöhnlich große Insel-Stadt wirklich mehrere tausend Jahre vor Plato inmitten des Atlantischen Ozeans existierte, und daß sie wirklich von einer großen Flutkatastrophe vernichtet wurde. Man kann sich durchaus vorstellen, daß Erinnerungen an diesen Ort und seine verheerende Zerstörung zur Legende geworden sein könnten, daß Geschichten über das fabelhafte Atlantis von einer Generation an die nächste weitererzählt wurden. Über einen undenklichen Zeitraum hinweg. Und ein paar verworrene Teilchen und Splitter dieser uralten Legenden mochten zu Platos Lebzeiten immer noch durch den Mittelmeerraum gegeistert sein.

Verblüffend ist, wie sehr das reale Atlantis, der Ort, den ich vor mir habe, während ich dies niederschreibe, tatsächlich demjenigen ähnelt, den Plato beschrieb.

Es ist natürlich kein Kontinent. Es ist einfach eine riesengroße Insel, vielleicht von der Größe Borneos oder Madagaskars. Aber wenn man eine enorme Landmasse vor sich sieht, die sich nach beiden Seiten hin in unbestimmte Fernen zieht, wie kann man da auch mit Bestimmtheit sagen, ob man auf die Küste eines Kontinents schaut oder nur auf eine ziemlich ausgedehnte Insel? Plato lag also gar nicht mal so falsch. Mit Sicherheit war Atlantis weitaus größer als Großbritannien, Kuba oder Island.

Er irrte allerdings bei anderen Einzelheiten. Die Hauptstadt liegt zum Beispiel nicht an der Süd-, sondern an der Westküste. Aber die Stadt *hat* eine kreisförmige Grundfläche mit mächtigen Mauern, aus gigantischen Steinquadern gebaut, die übereinandergeschichtet wurden. Das Mauerwerk wurde mit phantastischer Präzision errichtet und ist absolut vollkommen. Es gibt Kanäle und Brücken innerhalb der Mauern und herrliche breite Prachtstraßen, die bis in moderne Zeiten hinein auf Erden ihresgleichen suchen. Selbst in den Städten der heutigen Erde kann man so etwas kaum finden.

Und ich sage Dir, Lora, dieses Küstenviertel ist ganz erstaunlich. Wenn Du es doch nur sehen könntest! Da gibt es einen gewaltigen, halbkreisförmigen Hafen mit einem massiven Kai aus schwarzem Granit, der mit rosafarbenem Marmor belegt ist, und Steinpiere ragen weit ins Wasser hinaus. Überall um mich herum liegen athilantische Schiffe, die aus der ganzen Welt zurückgekehrt sind, und eben jetzt sehe ich zu, wie sie ihre märchenhafte Ladung löschen. Beamte prüfen alles an Land, Kisten über Kisten voll von kostbaren Metallen und Juwelen, Gewürze, Pelze, seltsame Tiere, seltene Hölzer.

Dann gibt es da auf einer Seite des Hafens den Brunnen der Sphären, der jede Viertelstunde einen mächtigen Wasserstrahl in den Himmel schießt. Auf der anderen Seite liegt der Tempel der Delphine, ein weißer Marmorbau, dessen Anlage von so reiner, ausgewogener Schönheit ist, daß selbst das Parthenon daneben regelrecht schäbig aussehen würde.

Eine breite Straße, die Straße der Himmelsforscher, steigt vom Ufer her an. An ihrem oberen Ende erhebt sich ein imposanter Kuppelturm, das Königliche Observatorium, und direkt dahinter beginnt eine prächtige breite Allee, die Straße des Himmels, die sich viele Meilen durch die Stadt zieht und zu einem – jawohl, einem Mittelbezirk sakraler Bauten führt, die auf einem abgeflachten Hügel stehen, so wie Plato es behauptet hat. Die Wände der Tempel sind zwar mit weißem Marmor verkleidet, nicht mit Platos Gold und Silber, aber wenn die Nachmittagssonne darauftrifft, erstrahlt die ganze Stadt in dem reflektierten Licht.

Auf der anderen Seite der heiligen Zone erstreckt sich die Stadt weiter und breitet sich bis auf die Vorberge des Balamoris aus. Dahinter liegen Parks, Gehöfte, die Minen, in denen

Kupfer, Eisen und Gold geschürft werden, und ein riesiges Waldgehege, in dem alle Arten von wilden Tieren leben, einschließlich einer Herde Elefanten. Ich meine nicht die mit zottigem Fell bedeckten Mammuts, die im eiszeitlichen Europa herumstreifen, wo Du Dich aufhältst, sondern einfache, gewöhnliche alte Elefanten, so wie wir sie im Zoo sehen können, außer daß diese Tiere hier noch größer zu sein scheinen. Ihre Ohren haben jedenfalls die Ausmaße von Zelten.

Das Klima ist ausgesprochen mild. Von der Tatsache ausgehend, daß Tag und Nacht hier, selbst im tiefsten Winter, nahezu gleich lang sind, würde ich sagen, Atlantis liegt ziemlich genau auf dem Wendekreis des Krebses oder zumindest nicht allzu weit nördlich davon. Regelmäßig, fast jeden Tag, fällt ein wenig Regen, aber es klärt sich immer sehr schnell auf, und wenn die Sonne wieder draußen ist, ist bald darauf alles freundlich und warm. Die Luft ist lind und wunderbar klar, der Himmel von einem zauberhaften Blau, und wo immer man auch hinsieht, findet man Blumen in voller Blüte. Es ist kaum zu glauben, daß in diesem Augenblick der größte Teil Europas und Nordamerikas unter Eis begraben ist. Oder daß riesengroße, zottige, stampfende Mammuts und Nashörner an den Stellen grasen, an denen eines Tages in ferner Zukunft unsere großen

Städte entstehen werden. Oder kleine Horden von in Fell gekleideten Menschen da draußen herumziehen, um sie mit ihren groben, aus Stein gefertigten Waffen zu jagen.

Kein Wunder, daß die strahlende Erinnerung an diesen Ort noch Tausende von Jahren danach in den Köpfen von Menschen wie Plato herumspukte. In jedem Stamm müssen die weisen alten Geschichtenerzähler über Äonen hinweg die fesselnde Sage immer wieder weitergegeben haben, all die dunklen Jahrtausende hindurch, die auf die Zeit des Untergangs folgten. Die große verlorene Stadt, die schwache Erinnerung an das Paradies, das verschwundene Reich des Zaubers und der Wunder – was für Geschichten mußten sie davon erzählt haben! Und weitererzählt haben, Jahr um Jahr, Jahrhundert auf Jahrhundert, während das Eis langsam zurückwich, während die Menschheit das Wissen um die Landwirtschaft neu entdeckte und lernte, Städte und Dörfer zu bauen, um dann plötzlich in Sumer und Ägypten und China erneut die Ebene der Vollendung zu erreichen, die wir ›Zivilisation‹ nennen.

Erstaunlicherweise reichen die alten Legenden nicht einmal im entferntesten an das ganze Wunder Atlantis heran. Das tatsächliche Atlantis des Jahres 18.862 v. Chr., mit seinen Dampfschiffen, seiner Elektrizität und seinen verblüffenden Wunderwerken der Architektur und

Technik, ist weitaus phantastischer, als es sich die griechischen oder römischen Geschichtenerzähler träumen ließen.

Was die Technologie angeht, so steht es meiner Meinung nach in vielerlei Hinsicht durchaus auf dem Stand eines heutigen New York, Paris oder London, nur daß es erheblich schöner ist als irgendeine dieser Städte. Und es existierte in ferner Vergangenheit, hier in der Steinzeit, als in der übrigen Welt niemand wesentlich über das Leben in Höhlen und das Fabrizieren von Messern und Äxten aus Feuerstein hinausgekommen war.

Im Augenblick habe ich noch keine Erklärung dafür, wie das geschehen konnte.

Nach seiner Rückkehr auf die Insel Atlantis wurde Prinz Ramifon Sigiliterimor bei so vielen Ritualen und formellen Anlässen eingespannt, daß ich schon anfing zu glauben, wir würden die Stadt nie zu sehen bekommen. Wir blieben unglaublich lange auf dem Schiff eingesperrt. Es war genauso nervenaufreibend wie damals, als wir im Hafen von Thibarak auf das Ende der Abreiserituale gewartet hatten, damit die königliche Flotte endlich ablegen konnte.

Zunächst war da das Ritual der Heimkehr. Darin sprach der Prinz mit zahlreichen Gebeten, dem Verbrennen von Weihrauch und dem

Opfern eines Stieres seinen Dank für die sichere Heimreise aus. Er nahm das Opfer mit eigener Hand vor. Ich haßte es, aus nächster Nähe dabei zuschauen zu müssen, aber ich hatte keine Wahl. Zumindest tötete er das Tier rasch. Er hat offensichtlich einige Übung darin. Er verwendete ein Messer, dessen Heft mit Juwelen besetzt war und das offensichtlich aus *Stahl* bestand. Das war schon auf unheimliche Weise faszinierend, findest Du nicht auch? Da verwenden sie ein hochtechnologisches Material wie eine Stahlwaffe, um ein so barbarisches Ritual wie das Tieropfer auszuführen. Eine seltsame Mischung. Der Stier war ein echter Auerochse, jener Vorfahr des heutigen Rinds, ein riesenhaftes Biest mit entsetzlichen, gebogenen Hörnern mit schwarzen Spitzen, die mindestens einen Meter lang waren.

Ich hatte angenommen, wir würden danach von Bord gehen, aber nein, nach wiederholtem Singen und Herumparadieren und einem Festmahl aus verkohltem, innen halb rohem Auerochsenfleisch, bei dem ich nur glücklich war, daß der Prinz es seinem Verdauungstrakt zuführte und nicht meinem, begab er sich unter Deck und machte sich stundenlang vor einem kleinen Altar in der Kapitänskajüte zu schaffen, wobei diese und jene Gottheit behelligt wurde. Eine Gruppe von Priestern kam an Bord und beteiligte sich daran, aber als sie gingen, blieb Prinz Ram auf dem Schiff zurück.

Die Nacht brach herein. Am ganzen Kai entlang standen Massen von Menschen, sangen und jubelten dem Prinzen zu. Von Deck seines Flaggschiffes aus winkte er zurück. Dann gab es eine Feuerwerksvorstellung, wie ich sie in meinem ganzen Leben noch nicht gesehen hatte.

Am Morgen kamen der jüngere Bruder und die Schwester des Prinzen vorbei, um ihn offiziell im Namen der Familie willkommen zu heißen. Prinzessin Rayna ist ungefähr fünfzehn und Prinz Caiminor vielleicht dreizehn. Sie sehen Prinz Ram sehr ähnlich, gedrungen und klein, olivgetönte Haut, dunkle Augenbrauen.

Das Zusammentreffen mit ihrem Bruder lief ziemlich formell ab, wobei das Berühren der Fingerspitzen einen Kuß ersetzte. Bis in den Vormittag hinein dauerte dieses Ritual der Begrüßung, und dann erhielt ich – Dank sei meinem Träger, Prinz Ramifon Sigiliterimor Septagimot Stolifax Blayl, Premianor Tisilan von Athilan – endlich die Gelegenheit, den Fuß auf das verlorene Atlantis zu setzen.

Aber ich kam nicht weit. Es ging weiter zum nahen Tempel der Delphine, wo hinter der äußersten Reihe makellos schöner Marmorsäulen eine Art Zelt für den Prinzen errichtet worden war. Hier mußte er sich den Waschungen unterziehen, sich reinigen von möglicher Verseuchung, die er sich während seines Aufenthaltes bei den dreckigen, unzivilisierten Leuten vom Festland zugezogen haben mochte.

Der Ritus der Reinigung nahm *wieder* einen halben Tag und eine Nacht in Anspruch. Man badete ihn in Milch und bedeckte ihn mit den Blütenblättern roter und gelber Blumen und sang und sang, ›Mögest du frei werden von Unreinheit. Mögest du frei werden von Unreinheit‹. Wieder und wieder und wieder. ›Möge der Schmutz des Festlandes nicht länger an deiner Haut haften‹, sangen sie. ›Mögest du frei werden von Unreinheit‹. Das ging immer so weiter, bis ich dachte, ich würde den Verstand verlieren.

Aber ich lernte dabei auch etwas Wichtiges über dieses Land: Hier herrscht ein regelrechter Vier-Sterne-Rassismus. Darum geht's nämlich bei diesem Ritus der Reinigung. Die Athilanter empfinden eine tiefe Verachtung für die Festlandsbewohner. *Sie* sind der Schmutz des Festlandes, von dem dieser Ritus den Prinzen reinwaschen soll.

Der athilantische Name für die Festlandsbewohner lautet ›die Dreckleute‹.

Ich beherrsche die athilantische Grammatik noch nicht so einwandfrei, wie ich es gerne möchte, daher bin ich nicht sicher, ob das bedeutet, die Menschen auf dem Festland *leben* im Dreck (das heißt in ihren schmuddeligen Höhlen und unter schäbigen Anbauten), oder sie *sind* der Dreck. Aber es ist wohl eher letzteres.

Also schätzen diese edlen, strahlenden, wundervoll zivilisierten Athilanter die Menschen des Steinzeiteuropas nicht viel höher ein als die Tiere. Hast Du das in Naz Glesim auch beobachtet? Vielleicht ist es dort anders, wo nur eine Handvoll Athilanter inmitten von mehreren hundert Festlandsbewohnern lebt. Da müssen sie vorsichtiger sein. Aber hier, wo keiner von denen zu sehen ist, versuchen die Athilanter nicht einmal, ihre Verachtung für sie zu verbergen.

»Wir danken dir, o Gott, für die Rückkehr unseres geliebten Prinzen aus dem Lande der Dreckleute in das Menschenreich.«

Achte bitte auf den kleinen Unterschied, Lora. Der Prinz ist ins *Menschenreich* zurückgekehrt.

Ich nehme an, wir können den Athilantern noch nicht einmal den Vorwurf machen, daß sie sich überlegen fühlen, wenn man bedenkt, daß sie in den erstaunlichen Marmorpalästen leben, mit elektrischem Licht und Wasserversorgung in den Gebäuden, während der Rest der Welt primitiv dahinvegetiert. Dennoch geht es zu weit, wenn sie darauf beharren, daß die Menschen der Steinzeit auf dem Festland nicht einmal menschlich sind. Zurückgeblieben ja, aber zu sagen, sie seien nicht-menschlich? Das ist pure Überheblichkeit.

Wenn man bedenkt, wie sehr die Athilanter die Leute auf dem Kontinent verachten, dann ist es durchaus verständlich, daß die Archäologen keinerlei Athilantische Artefakte an Steinzeitfundstätten ausgegraben haben. Wer Tausende von Jahren hindurch von einer überlegeneren Rasse beherrscht worden ist, die einen als Dreck betrachtet, dem gibt es eine ausgezeichnete Gelegenheit, sich zu erheben und den überlebenden Herrenmenschen den Garaus zu machen, wenn plötzlich ein Vulkan die gesamte Heimat dieser Rasse auf einen Schlag vor das Jüngste Gericht geschleudert hat. Und jeden kleinsten Gegenstand, der früheren Herren gehörte und einen an die Unterjochung erinnert, zu nehmen und im Ozean zu versenken, wenn man schon einmal dabei ist. Scheint mir durchaus verständlich.

Wir müssen das bei unserer Zeitforschung noch überprüfen. Wenn wir erst einmal mit unseren Studien über die tatsächliche Epoche der Zerstörung in der athilantischen Geschichte angefangen haben, müßten wir auch versuchen, herauszufinden, was hinterher auf dem Festland geschah, ob dort wirklich die Säuberung von den verhaßten Herren durchgeführt wurde, die ich vermute. Ich denke, es ist durchaus wahrscheinlich, daß es so war, wenn man die häßliche rassistische Einstellung berücksichtigt, die ich in der athilantischen Kultur allmählich aufdecke.

Wie dem auch sei, ich muß meine Geschichte

weiterführen. Ich bin hier, um zu beobachten, nicht um zu richten.

Das Ritual der Reinigung erreichte sein glorreiches Finale, als Prinz Ram in eine Alabasterwanne stieg, die mit Wein und Honig gefüllt war und tropfnaß wieder zum Vorschein kam, während Priester und Priesterinnen in Chören ihre Hosiannahs sangen. Bedienstete kleideten ihn in eine Art Toga aus feingesponnener weißer Baumwolle, die mit Blau abgesetzt war und die alle hier trugen. (Das weiß-blaue Farbschema und die Marmorgebäude mit den zierlichen Steinsäulen verstärken den allgemeinen Eindruck einer griechisch-geprägten Atmosphäre in Athilan. Ebenso wie das sonnige, frühlingshafte Klima.) Und während ich mich mit großen Augen von meinem Beobachtungsposten in seinem Hirn aus umsah, schritt er davon, *zu Fuß* die ganze, beachtlich lange Straße des Himmels hinunter, um seinem mächtigen Vater, Harinamur, dem großen Darionis von Athilan, seine Achtung zu erweisen.

Die Prozession dauerte den ganzen Tag. Die Straße des Himmels wird auf beiden Seiten von herrlichen majestätischen Gebäuden im klassischen Stil gesäumt – sie ist so großartig wie die Champs Elysées, die Fifth Avenue oder Picadilly. Aus allen Fenstern blickten Menschen herab, als der Prinz vorbeizog. Er war barhäuptig und trug nur Toga und Sandalen. Die Sonne brannte herab, als er losmarschierte, doch gegen Mittag verfinsterte sich der Himmel, und der übliche Regen kam auf, ein furchtbarer Wolkenbruch. Er schien es kaum zu bemerken. Ich weiß nicht, wie lang der Fußweg war, Meilen jedenfalls, aber ihm war nicht anzumerken, daß er erschöpft war.

Und schließlich erreichte er den königlichen Palast, ein herrliches Marmorgebäude mit zahllosen Säulen, das hoch oben auf einer riesigen Steinplattform steht und den großen Platz am Ende der Straße des Himmels überblickt.

Am Fuß dieser mächtigen Marmortreppe hielt er inne, und sein Blick wanderte immer weiter die mindestens hundert Stufen hinauf. Oben an dieser kolossalen Steintreppe befindet sich ein breiter Absatz. Dort wartete sein Vater, der König, auf ihn. Und Prinz Ram, der gerade zehn oder elf Stunden durch die Straßen der Stadt bis zu diesem Platz gelaufen war, begann ohne zu zögern die hundert gigantischen Stufen hinaufzusteigen.

»Heil, o einziger König«, rief der Prinz. »Harinamur, Großer Darionis!« Und dann, etwas leiser: »Vater.«

»Ram«, erwiderte der König, und sie umarmten einander.

Es war unglaublich rührend. Der mächtige Vater, der unbesiegbare Sohn: so glücklich, sich wiederzusehen, so unendlich glücklich. Weißt

Du, ich habe meinem eigenen Vater auch immer recht nahe gestanden. Aber ich fühlte bei ihm nie im entferntesten diese starke Macht der Liebe, die zwischen diesen beiden herrschte, während sie sich in den Armen lagen.

Es war zwar ein bißchen peinlich, in diesem Augenblick des Wiedersehens Prinz Rams Gefühle zu belauschen, aber man muß sich dann zwingen, diesen Gedanken zu verdrängen. Wie ich schon sagte, Zeitreisender zu sein heißt auch, Schleicher und Schnüffler zu sein und ein Lauscher an der Wand in den privatesten Momenten anderer Menschen, das läßt sich eben kaum vermeiden. Da wir nicht selbst in die Vergangenheit gelangen können, müssen wir ohne deren Wissen in den Geist ihrer Zeitgenossen eindringen, und man kann nicht behaupten, daß das sonderlich nett wäre. Aber es ist nötig, und das ist die einzige Rechtfertigung dabei. Wenn wir irgend etwas aus der entschwundenen Vergangenheit bergen wollen, müssen wir es auf diese Art tun, denn einen anderen Weg gibt es nicht.

Der König ist der ehrfurchtgebietendste Mensch, den ich je gesehen habe. In seiner Größe, Präsenz und Autorität wirkt er wie eine Kombination aus Moses, Abraham Lincoln und Kaiser Augustus. Er ist sehr hochgewachsen, besonders für einen Athilanter, mit langem weißem Haar und einem dichten weißen Vollbart.

Er strahlt so viel Edelmut und Weisheit aus, daß man vor ihm niederfallen und seine Sandalen küssen möchte. An diesem Tag war er in purpurne Gewänder gekleidet, die mit Gold und Silber durchwirkt waren, und er trug eine Krone aus Lorbeerblättern, die auf goldenen Nadeln saßen.

Mit großem Ernst nahm er Prinz Ram in die Arme und drückte ihn an sich; dann trat er zurück, so daß sie sich in die Augen sehen konnten, und in den dunklen, glänzenden Augen des Königs entdeckte ich eine solche Wärme, eine solch tiefempfundene Liebe, daß ich tatsächlich traurig und neidisch bei dem Gedanken wurde, daß vielleicht nie ein Sohn auf Erden von seinem Vater mehr geliebt worden ist als dieser Prinz.

»Wir haben dich an jedem Tag deiner Abwesenheit vermißt, und in jeder Stunde eines jeden Tages«, sagte der König. »Täglich baten wir die Götter, dich zu beschützen und dich sicher zu uns zurückzugeleiten. Und nun sind unsere Gebete erhört worden.«

»Vater. Großer Darionis. Einziger König. Meine Gedanken waren ständig bei Euch, während ich durch die Fremde reiste.«

Sie berührten sich flüchtig und sanft mit den Fingerspitzen, wie es bei formellen Anlässen in Athilan üblich ist.

Dann erschienen sechs Priester, die wieder

einen Auerochsen brachten, und Vater und Sohn schlachteten das arme Vieh auf der Stelle, wobei jeder einen dieser juwelengeschmückten Dolche schwang. Ein Feuer wurde entzündet, das Fleisch wurde gebraten, die Priester hackten Stücke davon ab und brachten sie dem König und dem Prinzen, die sich gegenseitig von eigener Hand fütterten.

Ich wußte, daß der Sinn der Zeremonie die Erneuerung der Liebe war. Aber mir schien sie eben auch blutig und barbarisch, und ich war froh, als es vorüber war, und der Prinz und sein Vater Seite an Seite den königlichen Palast betraten.

Die Pracht dieses Palastes ist kaum zu beschreiben. Die verschwenderischen Vorhänge, die Schnitzereien von Elfenbein und Jade, die vielfarbigen Steinsäulen und die filigranen Fenstergitter – es ist ein Wirklichkeit gewordenes Schloß aus *1001 Nacht*, wie man es sich eben so vorstellt. Der Anblick tut weh, wenn man sich dauernd sagen muß, daß all dies dazu verdammt ist, sich auf dem Boden des Atlantischen Ozeans aufzutürmen. Man steht inmitten all dieser traumhaften Schönheit, und man weiß, daß ihre Tage gezählt sind, daß sie den nächsten Monat oder das nächste Jahr nicht mehr überdauern wird, oder bestenfalls vielleicht noch hundert Jahre steht – und das ist ein schmerzhafter Gedanke. (Die Ruinien dieses

Palastes müssen doch immer noch irgendwo auf dem Grunde des Ozeans liegen! Aber können wir sie jemals finden? Und hätte wenigstens ein Bruchteil ihrer Schönheit überdauert?)

Jedes Mitglied der königlichen Familie bewohnt eine eigene Zimmerflucht innerhalb des Palastes. Prinz Rams Suite liegt auf dem zweiten Stock nach hinten hinaus, und man überblickt von dort einen Innenhof und einen Garten. Sie wäre durchaus eines Königs würdig. Ich frage mich, wie erst dessen Räume aussehen müssen, wenn das hier nur die eines Prinzen sind.

Mittlerweile war der Prinz so erschöpft, daß ich Mühe hatte, in seinen Gedanken noch einen Sinn zu finden. Alles, was ihm durch den Kopf ging, erreichte mich verzerrt und dumpf. Er versuchte jedoch so zu tun, als ginge es ihm prächtig, und eine Zeitlang saßen der König und er in einem von Rams Räumen zusammen und erörterten wichtige Dinge, die die Kolonien betrafen und die ich nicht verstand.

Aber der König merkte bald, daß Ram kaum noch die Augen offenhalten konnte, und bald darauf wünschte er seinem Sohn eine gute Nacht und zog sich zurück. Der Prinz brachte die üblichen Gebete zum Ausklang des Tages schnell hinter sich und fiel dann wie ein Toter auf seine Bettstatt.

Ich ließ ihn die halbe Nacht ruhen. Aber es

gab einfach zu viel, was ich dir erzählen wollte. Also übernahm ich wieder die Kontrolle über ihn, und wir machten uns auf die Suche nach Schreibutensilien. Nachdem wir sie gefunden hatten, brachten wir die letzten zwei Stunden damit zu, all dies auf langen Streifen feinsten Pergaments zu notieren. Sein Geist schläft immer noch, er bekommt also durchaus die Erholung, die er braucht. Aber seine Hand wird morgen scheußlich weh tun von der ganzen Kritzelei. Ich höre jetzt also wohl besser auf. Es ist bald Morgen. Da draußen, wo Du bist, Tausende von Meilen östlich von hier, ist die Sonne schon aufgegangen. Ich hoffe, es geht dir gut. Und daß Du eines Tages die Gelegenheit hast, diesen Platz mit eigenen Augen zu sehen.

Ich schalte jetzt ab –

– *Roy*

◇ FÜNF ◇

36. TAG, NEUES LICHT, GROSSER FLUSS.

Wieder ein Brief, der ins Ungewisse hinaus verschickt wird. Ob er Dich wohl erreicht?

Ob Du mir wohl jemals antworten wirst? Wer weiß?

Ich kann es ja ruhig zugeben: es ist mir in letzter Zeit nicht allzu gut gegangen. Hin und wieder überkommt es mich, wenn ich anfange, mich allein zu fühlen und schwermütig werde, abgeschnitten, ohne Kontakt zur realen Welt. Mir allzu deutlich bewußt, nur ein schwebender Geist zu sein, der in den Körper eines anderen Mannes verpflanzt wurde, während mein eigener Leib am Ende der Zeiten schlafend in einem Labor liegt.

Und dann muß ich mich wieder daran erinnern, was für ein Privileg es ist, hier zu sein – ich darf meinen Teil zu dieser bedeutsamen Erforschung einer Vergangenheit beitragen, von der wir alle einmal glaubten, sie sei unwiderbringlich verloren. Bilder und Töne zu erleben, die Wunder dieses unglaublichen Zeitalters, einer Ära, von deren Existenz wir bis dahin nur pathetisch verfälschte Zeugnisse besaßen. Das ist doch wirklich wichtig – und ich bin zu beneiden –!

Ich muß Dir das alles wohl gar nicht erzählen. Du sitzt ja im gleichen Boot wie ich. Verzeih mir, wenn es düster klingt oder allzu platt. Es liegt mir einfach auf der Seele.

Ach Lora, manchmal wünsche ich mir, ich hätte mich nicht freiwillig gemeldet, sondern wir wären in diesem Augenblick daheim in unserer eigenen wahren Zeit, würden Hand in Hand im Park spazierengehen oder den Strand entlangrennen oder einfach schweigend beisammen sitzen und Pizza essen. Gewöhnliche alltägliche Dinge tun, die jeder als gegeben hinnimmt. Unsere Zeit wird für mich allmählich immer unwirklicher. Ich muß mich anstrengen, mir vorzustellen, wie ein Hörnchen mit Eiskrem schmeckt oder wie eine Gitarre klingt oder sogar – Gott steh mir bei – welche Farbe Deine Augen haben. Und dann bricht die Vorstellung immer wieder ab.

Nun, Stimmungen kommen und gehen. Daran ist nichts zu ändern.

Aber ich weiß, daß wir schließlich wieder nach Hause kommen, wenn alles gut verläuft. Dann werden wir viel Zeit haben für Pizza und Eiskrem und all das. In der Zwischenzeit dürfen wir nur nicht vergessen, daß wir mitten im phantastischsten Abenteuer stecken, das man sich nur vorstellen kann. Da sitzt Du im Europa der Steinzeit, und die Mammuts ziehen über die Tundra – und hier wache ich jeden Morgen im goldenen Sonnenlicht des fabelhaften Atlantis auf –

Wie kann also bloß jemand Trübsal blasen, der das erlebt, was wir erleben? Der Gedanke daran ist schon beinahe unanständig.

Hier ist sehr viel los. Jede Menge neue Informationen.

Das habe ich über das athilantische Regierungssystem in den letzten Tagen gelernt:

Der König ist ein absoluter Monarch im wahrsten Sinne des Wortes. Was immer er sagt, geschieht. Es gibt keinen Rat der Edelsten, keinen Senat, nichts, was auch nur im entferntesten die Autorität des Königs in Frage stellen würde. Er hat zwar Höflinge und Beamte, aber das ganze Imperium ist durch und durch sein Privatbesitz, mit dem er nach Belieben verfahren kann.

Das hört sich an wie ein Vorspiel zum Untergang, und bisher ist es ja in der Geschichte dann auch meist dazu gekommen. Kein Reich kann hoffen, eine ununterbrochene Kette von fähigen Regenten zu haben. Der eine oder andere König mag ganz in Ordnung gewesen sein, und ein Jahrhundert kann auch schon mal vergehen, ohne daß irgendwelche Querulanten auf den

Thron geraten. Aber früher oder später wird immer ein Verrückter drankommen, ein Nero, ein Caligula oder ein Hitler, jemand, der mit absoluter Macht nicht umgehen kann, der Amok läuft und ein furchtbares Chaos hervorruft.

Warum ist das hier nicht geschehen? Wie hat es das Athilantische Reich geschafft, so viele Jahrhunderte zu überdauern, ohne einen von der Macht korrumpierten Tyrannen hervorzubringen, der alles niederreißt?

Der Schlüssel dazu liegt anscheinend in dem Titel, den sie dem König gegeben haben. Großer Darionis bedeutet der einzige König, und damit meinen sie, daß *er der einzige König ist, den Atlantis je gehabt hat*. Der gegenwärtige Regent wird als Reinkarnation eines jeden vorangegangenen Throninhabers angesehen, bis zurück zu jenem ersten Harinamur, der in grauer Vorzeit das Königreich gegründet hat. Jeder dieser Könige gab bei seinem Tod all seine Erinnerungen in die Seele seines Nachfolgers ein, so daß dieser dann die angesammelte Weisheit der gesamten Dynastie verkörperte. So heißt es zumindest. Ich weiß noch nicht, ob das buchstäblich so abläuft oder nur bildhaft gemeint ist, um die Stärke der Tradition zu sichern. Aber der Ausdruck in Harinamurs Augen gleicht keinem Ausdruck, den ich je bei einem Menschen gesehen hätte. Er erscheint schon fast übermenschlich.

Ich vermute, dieser ganze Kram mit dem einzigen König ist zumindest teilweise der Grund für die ungewöhnlich starke Bindung, die zwischen dem König und Prinz Ram existiert.

Schließlich ist Ram der Thronerbe. Wenn ich es recht verstehe, *wird er wirklich mit seinem Vater identisch sein*, wenn es Zeit für ihn wird, der große Darionis zu werden. Der König sieht vermutlich schon jetzt in Ram die buchstäbliche Fortsetzung seiner eigenen Identität. Und Ram betrachtet sich wohl bereits als die tatsächliche Reinkaration des Königs, der ältere Mann in einem neuen Körper.

Ich weiß allerdings noch nicht, wie das funktioniert. Verfügen sie wirklich über die Fähigkeit, den gesamten Erinnerungsspeicher des Königs auf seinen Sohn zu übertragen? (Oder auf seine Tochter. Wie in England geht die Thronfolge hier immer auf das älteste Kind über, gleichgültig, ob männlich oder weiblich.) Wenn dem so ist, muß das doch wohl zu Lebzeiten des Königs stattfinden, oder? Vielleicht findet es auch im Augenblick des Todes statt.

Oder es gibt gar keine tatsächliche Übertragung der Erinnerung, und die ganze Vorstellung ist nur eine Art Übereinkunft, ein politisches Märchen, so wie man den Kaiser von China ›Sohn des Himmels‹ genannt hat. Wenn das so ist, dann hätten zwar alle Könige denselben Namen, und sie wären sehr eng mit den

Überzeugungen und Wertvorstellungen ihrer Vorgänger verknüpft, aber sie sind eben nicht als identisch mit allen vorherigen Königen zu betrachten.

Bis jetzt habe ich Ram nur sehr vorsichtig auf diese Dinge hin abgetastet. Ich könnte da auf empfindliches Gelände bei ihm stoßen, und er könnte meine Anwesenheit bemerken, wenn ich in seinem Geist herumstochere. Das wäre das letzte, was ich mir wünsche.

Was ich bis jetzt herausgefunden habe, scheint jedoch darauf hinzudeuten, daß sie tatsächlich Mittel und Wege kennen, Hirne zu verbinden, Persönlichkeiten, gespeicherte Erinnerung und solche Dinge zu vermischen. Und es erfolgt in Etappen, von denen jede von einer großen Zeremonie gekennzeichnet ist.

Zunächst kommt der Ritus der Bestimmung, bei dem das kleine Kind zum offiziellen Erben ernannt wird. Das findet im Alter von zehn Jahren statt.

Dann kommt mit dreizehn der Ritus des Anschließens. Ich verstehe nicht so ganz, was hier abläuft, aber es dient wohl unter anderem der Schaffung eines festen Bandes zwischen dem Herrscher und seinem Erben. Dabei wird wohl eine Art mentaler Leitung geöffnet werden, durch die psychische Impulse vom Älteren zum Jügeren fließen – der Beginn der Übertragung.

Der dritte Schritt ist der Ritus der Salbung. Das geschieht, wenn der ernannte Nachfolger achtzehn Jahre alt ist und damit steht die Salbung von Ram unmittelbar bevor. Dabei tritt der Prinz endgültig in die Erwachsenenwelt ein und übernimmt weitreichende Verantwortung. Er erwirbt bestimmte mystische Fähigkeiten, die so geheimgehalten werden, daß nicht einmal Ram selbst sie bisher kennt. Er wird von da an in einem eigenen Palast leben. Und er wird eine Art Vizekönig des Reiches, Jungkönig, mit Befugnissen und Pflichten, die weit über das hinausgehen, was er bisher zu tun hatte. Sobald dieser Ritus vollzogen wurde, darf er heiraten. *Sollte* er heiraten, heißt das.

(So weit ich das bisher beurteilen kann, hat Prinz Ram, der kurz vor dem Ritus der Salbung steht, keine bestimmte Frau im Sinn, die seine Prinzessin werden soll. Vielleicht wird sie von seinem Vater ausgewählt und ihm erst bei der offiziellen Zeremonie vorgestellt.)

Der vierte und letzte Ritus ist der Ritus der Vereinigung. Ich nehme an, daß dabei die endgültige Identitätsübertragung vom König zum Prinzen stattfindet, wenn die Zeit zur Übergabe des Throns an den erwählten Nachfolger reif ist. Wann oder wie das geschieht, weiß ich nicht. Alle Einzelheiten, die mit diesem Ritus zusammenhängen, sind so tief im Bewußtsein von Prinz Ram verborgen, daß ich größere Ausgrabungen unternehmen müßte, um an sie heranzukommen. Es ist offensichtlich etwas, an das er nicht denken will oder darf.

Wie würde sich das wohl auf mich auswirken, wenn Prinz Ram den Ritus der Vereinigung vollzieht? Wie würde sich das anfühlen, wenn all die zusätzlichen geistigen Impulse in seinem Gehirn fluten? Ganz schön chaotisch, vermute ich. Es würde wohl so ähnlich sein, wie in einem Baumwipfel zu hocken, während um einen herum ein Hurrikan tobt.

Aber ich bin vermutlich gar nicht mehr hier, wenn es so weit ist. Wir haben schließlich nur einen sechsmonatigen Einsatz hier vorgesehen. Wie ich schon sagte, weiß ich nicht, wann der vierte Ritus für Ram vorgesehen ist, aber ich denke doch, daß es noch länger als sechs Monate dauern wird.

Meine Gefühle demgegenüber sind zwiespältig. Auf der einen Seite bin ich ein wenig besorgt wegen der Wirkung der Vereinigung auf mich, falls ich immer noch in Rams Geist sitze, wenn es passiert. Auf der anderen Seite bin ich mir plötzlich darüber klar geworden, daß ich mir wünschte, man würde mich lange genug hier lassen, um diesem Schauspiel trotz aller möglicher Gefahren beiwohnen zu können. Der Ritus würde mir vielleicht auf eine Menge Fragen, die ich mir allmählich über Athilan stellte, die Antworten bringen. Ich will nicht wieder in unsere eigene Zeit zurückgezerrt werden, bevor ich nicht bereit bin zu gehen. Bevor ich nicht alles aufgesaugt habe, was ich nur über diese Welt lernen kann.

Aber ich habe darauf natürlich keinen Einfluß. Wenn die Zeit kommt, geht's zurück, ob ich will oder nicht. Ich kehre dann in die ›Realität‹ zurück. Ich kehre zu *Dir* zurück. Aber ich gebe Atlantis auf. Versteh mich nicht falsch, Lora, ich würde alles aufgeben, um nach dieser Trennung wieder mit Dir zusammen zu sein. Und dennoch, und doch – hier dem Ritus der Vereinigung beiwohnen zu können, einen Logenplatz zu haben, wenn all die angesammelten Erinnerungen aller Könige von Athilan in Prinz Rams Geist einfließen –

Nun, wir werden sehen. Es liegt nicht in meiner Hand, und ich bin nicht gerade begeistert darüber. Es gibt Zeiten, in denen ich mich wie eine Marionette fühle. Ich weiß, daß das eine törichte Einstellung ist. Es war von Anfang an klar, daß wir nur eine gewisse Zeit hier zubringen würden und dann wieder in unsere Zeit zurückgeholt würden. So lautete die Abmachung, und es hat keinen Zweck, darüber zu jammern. Dennoch habe ich das komische Gefühl, daß es mir leid tun wird, wenn sie mich zurückreißen, denn es könnte sein, daß dann gerade etwas ungeheuer Wichtiges passiert.

Warum mache ich mir bloß so viele Gedanken? Dieses ganze Gezappel und Gezeter, worüber eigentlich?

Blanke Einsamkeit, nehme ich an. Ich denke an Dich. Ich vermisse Dich. Vielleicht ist das Verschicken von ›emotional verbundenen Paaren‹ auf diese Vergangenheitsreisen doch keine so grandiose Idee.

Der Prinz ist ein aktiver und kräftiger junger Mann, und seine Tage sind ausgefüllt.

Er steht bei Sonnenaufgang auf. Gebete zunächst. (Diese Athilanter sind sehr fromm. Sie scheinen mehrere Dutzend Götter zu haben, die jedoch alle als verschiedene Seiten des einen Gottes angesehen werden.) Vor dem Frühstück schwimmt er dann in dem marmorgefliesten Becken im Innenhof des rechten Palastflügels. Fünfzig Runden. (Hier scheint alles aus Marmor zu bestehen. Es gibt einen großen Steinbruch irgendwo auf der abgewandten Seite des Balamoris, aber sie bringen auch feinere Sorten aus Griechenland oder Italien herüber.)

Dann das Frühstück. Obst, die meisten Sorten sind fremde Tropenfrüchte, die ich nicht bestimmen kann, gefolgt von gebratenem Lamm. Und schwerer, süßer Rotwein. Wein zum Frühstück – nun ja, für mich wäre das nichts. Aber der Prinz ist stark wie ein Ochse, und er kriegt noch nicht mal einen kleinen

Schwips davon. Und wie alle Mittelmeervölker, die – wie ich immer noch glaube – von ihnen abstammen, lieben diese Athilanter den Wein. Über die ganze Insel erstrecken sich Weinberge. (Alle Weine, die sie haben, sind süß. Ich weiß, daß die wahren Weinkenner behaupten, die besten Weine seien die trockenen, aber die Athilanter würden sich darum wahrscheinlich nicht kümmern. Sie mögen ihn so, wie er ist. Ich nehme an, ein Franzose würde das nicht unbedingt billigen, wenn es jetzt schon einen gäbe. Aber es gibt noch keinen. Auch keine Weinberge dort drüben in dem eisbedeckten Land, das eines Tages Frankreich sein wird. Und das wird sich auch in den nächsten paar tausend Jahren nicht ändern.)

Nach dem Frühstück trifft Ram mit dem König zusammen. Sie gehen gemeinsam alle möglichen offiziellen Dokumente und Berichte durch.

Meistenteils beschäftigen sie sich mit den Rohstoffen, die die athilantischen Schiffe aus Afrika und Südeuropa mitbringen. Diese Athilanter sind wirklich die ersten Imperialisten der Erde. Innerhalb ihres Herrschaftsbereichs haben sie jeden Flecken der Welt kolonialisiert, importieren die Dinge, die sie brauchen – hauptsächlich Mineralien, aber auch bestimmte Nahrungsmittel –, und im Austausch dafür geben sie nicht allzu viel. Es gibt natürlich auch nicht viel, was sie geben *könnten,* wenn man bedenkt, wie primitiv die anderen menschlichen Wesen dieser Ära sind. Die typische Kolonialmacht moderner Tage importierte Rohstoffe aus Entwicklungsländern und exportierte Industriegüter, aber die halbnomadischen Jäger der Steinzeit haben nicht allzuviel Verwendung für Glühbirnen, modische sanitäre Einrichtungen oder Gummireifen.

Der kulturelle Graben zwischen den Athilantern und dem Rest der Steinzeitwelt ist *ungeheuer.* Sie sind allen anderen in jeder Hinsicht so unglaublich weit voraus, daß man gar nicht weiß, wo man anfangen soll, es zu beschreiben. Eine mutierte Rasse von Supergenies, die auf geheimnisvolle Weise irgendwo im späten Paläolithikum auftauchte? Das klingt etwas weit hergeholt, um wahr zu sein. Aber welche andere Erklärung könnte es dafür geben?

Der König und der Prinz unterhalten sich bei ihren morgendlichen Konferenzen auch über lokale Ereignisse. Sie entscheiden, welche Beamte eine Beförderung verdient haben und welche für ihren Schlendrian getadelt werden müssen. Sie sprechen über Straßenreparaturen und neue Bauvorhaben. Sie entwerfen Pläne für anstehende religiöse Feste. Nichts davon klingt sehr romantisch. Es ist nun mal ihre Aufgabe, das athilantische Imperium zu regieren.

Ein leichtes Mittagessen: einige Trauben,

etwas Käse und das fremdartige Brot, hart wie Stein, das sie aus dem Weizen herstellen, der hier wächst. Der Weizen steckt immer noch in einem frühen Entwicklungsstadium. Aber selbst das ist erstaunlich, wenn man bedenkt, wie weit wir in der Vergangenheit zurück sind. Trotzdem ergibt dieser Weizen nicht gerade ein ausgesprochen gutes Brot. Der Prinz trinkt zum Essen einen leichten Wein, der süß ist wie Parfüm.

Dann ein Nickerchen. Und danach begibt der Prinz sich zu seinen nachmittäglichen Übungen: Pferdesport, Speerwerfen, noch einmal Schwimmen und ähnliches. Er ist ein hervorragender Athlet. Das muß er auch sein, um die Pferde in dieser Ära zu reiten – bösartige kleine Burschen, kurze Beine, lange Mähne, zornige Grundhaltung. Es sind wilde Tiere, und sie täuschen nichts anderes vor. Die Athilanter kennen das Prinzip des Sattels, aber sie kennen keine Zügel und Trensen, und ihre Technik, Pferde zu lenken besteht darin, sie um den Hals zu fassen und ihren Gehorsam buchstäblich zu erringen.

Nach den Übungen muß üblicherweise wieder ein Ritual ausgeführt werden. Es ist auf seine Art ein sehr religiöses Land. Priester und Priesterinnen der verschiedensten Götter überschwemmen den Ort. All diese Götter verlangen ständige Verehrung.

Die verschiedenen Rituale schließen den

König und den Prinzen unabdingbar mit ein, denn der athilantische König ist nicht nur Monarch, sondern auch Hohepriester, und der Prinz dabei seine rechte Hand. So müssen sie also jeden Tag einmal in diesem, dann in jenem Tempel mindestens eine Stunde zubringen und den Vorsitz bei göttlichen Angelegenheiten führen. Die Gesänge und Gebete, die sie dabei vortragen, sind streng stilisiert, und ich habe nicht die leisteste Ahnung, was sie bedeuten. Eine Menge Tieropfer gehen damit einher, womit ich mich immer noch nicht so recht abfinden kann.

Am späten Nachmittag trifft sich die ganze königliche Familie zu einer Art Erholungsstunde, freundlich und einander zugetan, jeder ist lustig und liebevoll. Dann essen sie gemeinsam zu Abend, ein gewaltiges Festmahl. Die Diener stammen dabei vom Festland. (Sklaven, vermute ich. Ich darf von den Athilantern eben nicht erwarten, daß sie unseren modernen, demokratischen Errungenschaften, wie persönliche Freiheit huldigen. Wie die Römer, wie die Griechen und wie eine ganze Anzahl fortgeschrittener Zivilisationen der Antike, sehen die Athilanter nichts Falsches darin, Menschen zu Sklaven zu machen. Man ist doch immer wieder überrascht, wenn man ein derartiges Volk, das im großen und ganzen recht aufgeklärt zu sein scheint, dabei ertappt, wie bei ihm etwas so Brutales und Irriges wie die Versklavung von Menschen gang und gäbe ist. Aber die Vergangenheit ist nun mal, wie sie ist, vieles war damals eben anders, und es hat keinen Sinn, es nicht hinzunehmen. Zumindest behandeln sie ihre Sklaven leidlich anständig.)

Bei diesen königlichen Mahlzeiten wird Essen im Überfluß aufgetischt, eine unfaßbare Menge von Nahrungsmitteln, gewöhnlich mit einem gebratenen Ochsen als Hauptgang; der Wein dazu fließt in Strömen. (Aber jedermann scheint nüchtern zu bleiben. Ist der Wein so schwach, oder vertragen diese Leute einfach außergewöhnlich viel Alkohol?)

Wenn die Mahlzeit vorüber ist, kommen fahrende Sänger herein und tragen ihre Lieder vor. Das allgemeine Lieblingsstück ist ein langes historisches Heldenepos; es scheint so etwas wie *Illias* oder *Odyssee* zu verbinden. Es muß sehr bewegend sein, aber es wird in einer alten Version der athilantischen Sprache vorgetragen, und es ist für Prinz Ram genauso schwer zu verstehen, wie es Chaucers Englisch heute für uns wäre. Ich habe nur einen vagen Eindruck davon – etwas über Verbannung und Wanderschaft und schließlich den Bau der mächtigen Stadt auf der Insel Athilan.

Während ich den Sängern zuhöre, gewinne ich einen Eindruck davon, wie es wohl gewesen sein mochte, im alten Griechenland bei einem Bankett in der Halle herumzusitzen und Homer zu lauschen, der seine Lyra stimmte und die Erstausgabe seiner Gedichte vortrug. Aber dann muß ich mich wieder daran erinnern, daß Griechenland jetzt noch nicht alt ist – daß es erst in ungefähr 17.000 Jahren existieren wird – und daß, von Atlantis aus betrachtet, Homer, Achilles, Agamemnon und der Rest der legendären Truppe, unbekannte Gestalten in einer unvorstellbaren, nebelhaften Zukunft sind.

Es wird hier früh dunkel. Der Prinz geht schlafen, wenn die Sänger geendet haben, und er schläft wie eine Marmorstatue bis zur ersten Morgendämmerung.

Oder, sagen wir besser, er *würde* wie eine Marmorstatue schlafen, wenn ich ihn nicht irgendwann mitten in der Nacht aus dem Bett zerren müßte, damit er die Briefe für mich schreibt. Er weiß natürlich nichts davon. Ich halte die Briefe in einer Ledermappe unter einem Stapel alter Togen versteckt, die er nicht mehr zu tragen scheint. Sobald ich höre, daß ein Kurier nach Naz Glesim aufbricht, versetze ich den Prinzen in Trance und bringe ihn dazu, den betreffenden Brief aufzugeben. Ich frage mich zwar, ob Dich irgendeiner meiner Briefe überhaupt erreicht. Die Entfernungen sind so riesig, und alles ist so kompliziert. Aber ich muß sie weiter schreiben. Ich brauche den Kontakt zu Dir so sehr – selbst wenn er bis jetzt noch einseitig geblieben ist.

Ich wüschte, es gäbe eine Möglichkeit, meine Eindrücke von dieser Welt in ein Diktiergerät zu sprechen, das ich dann in unsere Zeit mitnehmen könnte. Für mich liegt das größte Problem, ein körperloses Netz elektrischer Impulse zu sein, darin, daß man außer dem, was man im eigenen Geist hat, nichts über die Zeiten hinweg mitnehmen kann. Besser als gar nichts zwar, aber dennoch ziemlich frustierend auf die Dauer. Ich würde gern mit überquellenden Notizbüchern heimkehren, in denen alles steht, was ich hier gesehen habe, und vielleicht mit ein oder zwei Koffern voll athilantischer Kunstgegenstände. Aber dazu besteht nicht die geringste Chance.

Es wird Zeit zu gehen. Ram hat schon einen schlimmen Krampf in der Hand. Er muß sich erholen. Und ich glaube, ich auch.

– Roy

◇ SECHS ◇

5. TAG, MONAT DES WESTLICHEN WINDES, JAHR DES GROSSEN FLUSSES.

Mein letzter Brief liegt schon beinahe eine Woche zurück. Seltsame Dinge sind mir seither durch den Sinn gegangen, und ich war nicht sonderlich wild darauf, darüber zu reden, habe gehofft, es würde von allein vorübergehen. Aber dem war nicht so.

Es ist etwas Besonderes geschehen. Ich verspüre den starken Drang, Prinz Ram wissen zu lassen, daß ich hier bin.

Ich weiß selber, daß das die klassische Krankheit von Zeitreisenden ist. Die Versuchung, aufzustehen und zu brüllen: »Schau her! Sieh mich an! Ich sitze hier direkt in deinem Schädel!« Es gibt sogar einen Ausdruck dafür, nicht wahr? Beobachter-Schuld-Syndrom, glaube ich. Aber zu wissen, daß ich nicht der erste bin, der das durchmacht, macht es auch nicht leichter für mich.

Der springende Punkt ist, daß ich Prinz Ram nun mehrere Wochen lang aus nächster Nähe beobachtet habe. Ich stehe ihm näher als jedem Freund oder einer Frau. Ich weiß, auf welcher Seite er am liebsten sein Essen kaut, welchen Gott er vergeblich anruft, wenn er sich den Zeh anstößt, und kenne die Einzelheiten dieses wirklich gemeinen Streiches, den er seinem kleinen Bruder gespielt hat, als er neun Jahre alt war. (Und weswegen er immer noch ein schlechtes Gewissen hat, obwohl Prinz Caiminor zu dem Zeitpunkt erst vier Jahre alt war und sich wohl kaum noch daran erinnern kann.)

All dies ruft bei mir die vorhersehbaren Beobachter-Schuld-Gefühle hervor. Vielleicht geht es Dir ja ähnlich. In einem meiner früheren Briefe habe ich mich schon einmal damit befaßt – als ich die Tätigkeit eines Beobachters mit der eines Spions verglich und sagte, daß es ein ziemlich häßliches Gefühl ist.

Aber allmählich wird es noch schlimmer. Ich fühle mich mehr wie ein Spanner. Ein Spion dient zumindest seinem Land. Ein Spanner ist einfach nur schmierig.

Ich weiß, Lora, ich diene der Sache der Wissenschaft. Und meine Ausbildung sollte mir über diese zu erwartenden Gefühle von Schuld und Scham hinweghelfen.

Aber je länger ich mich in Rams Geist aufhalte, um so besser lerne ich ihn kennen und um so mehr bewundere ich ihn. Er ist stark, tüchtig, intelligent, entschieden, diszipliniert – eben ein *Prinz*. Er hat seine Fehler – wer hat die nicht? –, aber im Grunde ist er ein guter Mensch, der eines Tages ein großer König sein wird. Und je mehr ich ihn mag, um so mehr verabscheue ich mich dafür, daß ich hier in seinem Kopf herumschleiche, unsichtbar und unentdeckt. Ich hasse allmählich das Verstohlene daran: seine Gespräche zu belauschen und seine ureigensten Gedanken, und ihn in Trance zu versetzen, ohne daß er den leisesten Verdacht hegt, damit ich ihn dazu mißbrauchen kann, diese Briefe für mich zu schreiben.

Ich möchte ihn wissen lassen, daß ich hier bin – ein Besucher aus ferner Zukunft, der gekommen ist, um das große und ruhmreiche Atlantis auf der Höhe seiner Macht zu untersuchen. Ich möchte wohl im Grunde seine Erlaubnis einholen, um weiterhin dieses Versteck in seinem Geist zu besetzen.

Mach Dir keine Sorgen, bisher habe ich ihm nicht den geringsten Hinweis gegeben. Aber in der vergangenen Woche war ich ein paarmal dicht dran, wirklich Kontakt auf der Bewußtseinsebene mit ihm aufzunehmen. Und die Versuchung ist immer noch da. Sie wird wohl eher größer.

Zur Zeit bin ich sehr vorsichtig, was den Grad des Eindringens angeht, den ich mir beim Prinzen erlaube. Meistenteils beschränke ich mich auf oberflächliche, passive Beobachtung, einfach abzulesende zeitgleiche Sensorinformationen: was er sieht, was er hört und so weiter.

Ich versuche nicht, in den tieferen Datenbanken seines Geistes zu graben. Das ist der schnellste Weg, beim Wirt den Verdacht zu erregen, irgendwas Seltsames könnte in seinem Kopf vor sich gehen.

Und ich habe Angst, daß ich die ganze Wahrheit in einem wilden Eifer, mich zu bekennen, hinausposaunen werden, sobald er argwöhnt, daß er besessen oder irgendwie von einem fremden Geist übernommen worden ist. Das Risiko ist mir zu groß.

Aber damit gerate ich ernsthaft ins Hintertreffen.

Beispielsweise habe ich ohne tieferen Einblick in seinen Geist keine Möglichkeit, herauszufinden, was es mit dem ungewöhnlichen und anscheinend sehr bedeutenden Ritual auf sich hat, das der Prinz und sein Vater letzte Nacht abgehalten haben.

Am späten Nachmittag kam ein Bote zum Prinzen und meldete: »Es ist die Nacht des Sterns von Romanien.«

Er hat ganz sicher *Romanien* gesagt.

Der Prinz, der sich nach einem anstrengenden Ausritt ausgeruht hatte, rief augenblicklich nach seinen Sklaven, die ihn badeten, mit einem aromatischen Öl salbten, ihn in eine schimmernde, scharlachrote Robe kleideten (die sehr nach Seide aussah. Kommt die Seidenraupe auf Athilan vor, oder reisen die athilantischen Schiffe etwa bis nach China?) und ihm eine kleine silberne Krone aufsetzten. Dann stieg er

zur höchsten Etage des Palastes hinauf, von wo eine Treppe auf den Dachgarten hinausführt.

König Harinamur wartete dort oben im Garten auf ihn. Er trug ein seidiges Gewand, das noch prächtiger war als die Kleidung des Prinzen, und eine wunderschön gearbeitete goldene Krone. Niemand sonst war anwesend, keine Priester, keine Sklaven.

Die Dunkelheit brach allmählich herein. Vater und Sohn arbeiteten ohne Pause, holten lange, dünne Zweige und Äste eines schön gemaserten, aromatisch duftenden Holzes aus einem Stapel an der Mauer und schichteten sie auf einem kleinen Altar aus grünem Stein auf (Jade?). Dann warteten sie schweigend und beobachteten stumm den Himmel. Sie blickten beide zum selben Abschnitt, nahezu senkrecht über ihren Köpfen, hinauf. Ich konnte spüren, wie Prinz Ram aus eigenem Antrieb in eine Art Trance hinüberglitt. Sein Pulsschlag stieg, seine Augen waren geweitet, die Oberflächentemperatur sank.

Jetzt wurden die Sterne sichtbar. Die fremdartige Konstellation des paläolithischen Himmels erstrahlte über uns. Ram hatte den Kopf zurückgeworfen, seine Augen blickten starr. Er blinzelte nicht einmal.

»Ich sehe ihn«, sagte er nach einer Weile, mit fremdklingender, kehliger Stimme, wie ein Mann der im Schlaf spricht.

»So bald schon?« fragte der König. »Ach ja, junge Augen können das wohl.«

»Oberhalb des Großen Wals. Links vom Speer«.

»Ja, ja. Ich sehe ihn auch. Heil, Stern von Romanien!«

»Heil«, murmelte der Prinz. »Stern von Romanien!«

Und dann begannen sie zu singen, tragend, ernst, in der alten Sprache der Priester.

Ich war zu eingeschüchtert, um Rams Geist zu durchdringen und nach der Bedeutung zu suchen. Sie standen da wie zwei Statuen, reglos bis auf die Lippen, blickten hinauf zu dem Stern, an den sie ihre Gebete richteten. Ich glaube, ich weiß, zu welchem Stern sie aufblickten: es war ein hell funkelnder, ein Riese. Er schien von rötlicher Farbe zu sein. Aber ich bin kein Astronom, und ich hatte nicht die leiseste Vermutung, wie er heißen könnte, außerdem ist der Himmel über Atlantis kaum mit dem Himmel in unserer Zeit zu vergleichen.

Ram fiel immer tiefer in Trance. Er schien jetzt kaum noch bei Bewußtsein zu sein, und seinem Vater ging es ebenso. Das Gebet hörte nicht auf, langsam, schwermütig, erschütternd, obwohl ich keine Silbe davon verstehen konnte. Es war wie ein langes, kompliziertes Gedicht, nein, eher wie eine Totenklage. Tränen rollten langsam Rams Wangen hinab, während er sprach.

Dann knieten sie nieder und entzündeten die Zweige, die sie auf den Steinaltar gestapelt hatten, und spiralförmige Rauchfahnen kräuselten sich über ihnen empor. Ram begann in aller Ruhe sein prächtiges seidenes Gewand zu zerreißen, und der König tat es ihm schweigend gleich. Sie rissen die Gewänder in Streifen und warfen die Streifen ins Feuer, so daß sie nackt am Altar standen und nur noch ihre Kronen von Gold und Silber trugen. Und dann nahmen sie auch die Kronen ab, zerdrückten sie mit bloßen Händen und warfen sie in die Flammen.

Welchen Sinn die Zeremonie auch gehabt haben mochte, sie war nun vorüber.

Nackt, immer noch in Trance, wandten sich König und Prinz um und schritten langsam in den Palast zurück. Niemand wagte, sie anzusehen. Sie trennten sich schweigend in der großen Halle und jeder ging in seine eigenen Gemächer. Ram verschwand in seinem Schlafzimmer, legte sich ohne die üblichen Abendgebete zu Bett und schlief augenblicklich ein. Und das war der Ritus des Sterns von Romanien.

Ich habe keine Ahnung, worum es dabei ging. Aber er ist offensichtlich von größerer Bedeutung als all die anderen religiösen Riten, an denen der Prinz teilgenommen hat, seit ich hier bin. Die anderen hatte er als bloße Aufgaben durchgeführt, sie waren Teil seiner Aufgabe als Prinz. Dieser Ritus jedoch berührte ihn zutiefst. Er erschütterte ihn bis in die Grundfesten. Ich muß wissen, warum. Wenn ich selbst in besserer Verfassung wäre, würde ich in seinem Geist herumforschen, bis ich es herausgefunden hätte. Aber gerade jetzt wage ich es nicht, auf dieser Ebene mit ihm in Kontakt zu treten. Ich traue mich einfach nicht.

– Roy

◇ SIEBEN ◇

11. TAG, WESTLICHER WIND,
GROSSER FLUSS.

Ein großer Tag für mich.

Heute kam, mit der regulären Diplomatensendung, der erste Brief von Dir aus Naz Glesim an! Ich muß ihn schon ein dutzendmal gelesen haben, so riesig habe ich mich darüber gefreut, endlich von Dir zu hören, nachdem ich wochenlang allein in Prinz Rams Geist eingesperrt war.

Jetzt kann ich es ja zugeben: Ich hatte schon die wildesten Vorstellungen, nachdem ich nichts von Dir hörte. Ja, ich weiß, ein Kurier braucht ewig, um von einem Ende des Reiches zum anderen zu kommen. Also konnte ich eigentlich auch nicht früher mit einer Antwort von Dir rechnen. Aber hier habe ich gesessen, Seite um Seite meines Geschreibsels an dich abgeschickt, und sozusagen nicht mal eine Postkarte zurückbekommen, während die Zeit verging – unheimlich *langsam* verging, das kann ich dir sagen.

Ich habe mich schon gefragt, ob Du zu beschäftigt zum Schreiben wärst, oder ob Du Dir einfach nicht die Mühe machen wolltest. Und viele andere unwürdige Gedanken. Vielleicht war Dir auch etwas Schreckliches zugestoßen.

Diese Zeitreisen sind ja schließlich immer noch nicht ganz ungefährlich.

Als ich Dir schrieb, habe ich diese ganzen Befürchtungen für mich behalten. Oder es zumindest versucht. Aber nun ist das ja alles nebensächlich, denn ich weiß, daß es Dir gutgeht, daß Du mich immer noch magst, daß Du meine Briefe so schnell Du konntest beantwortet hast. Und so weiter und so weiter. Und das macht mich sehr glücklich!

Die Beamten, die das Zeug untersuchen, das der Stadthalter Sippurilayl von Naz Glesim an die Hauptstadt schickt, müssen ziemlich erstaunt gewesen sein, als sie eine Rolle aufmachten, die an Prinz Ram adressiert war, und feststellten, daß sie in einer unbekannten Schrift beschrieben war. Aber sie kamen zum einzig logischen Schluß: es mußte sich dabei um einen Code handeln, und das Ganze daher immens wichtig sein. – Sie brachten es daher auf der Stelle dem Prinzen.

Jetzt kam der heikle Teil. Der Prinz warf einen flüchtigen Blick darauf, hielt das Ganze für sinnloses Gekritzel und wollte es zu meinem Entsetzen sofort ins Feuer werfen. Ich mußte ihn überwältigen und an seinen Schreibtisch zurückzerren – *vor den Augen der Beamten, die ihm die Rolle gebracht hatten*. Er hielt abrupt inne, kämpfte einen Augenblick lang gegen meinen Willen an und stürzte schließlich beinahe zu Boden.

Der Himmel weiß, was sie dabei gedacht haben mochten, vielleicht daß er wieder einen ›Anfall‹ hatte. Auch Ram konnte sich keinen Reim darauf machen. Aber er scheuchte sie hastig aus seinem Büro, weil es ihm wohl peinlich war, daß sie ihn so herumstolpern gesehen hatten, und er fürchtete, es könnte ihm jede Minute aufs neue passieren.

Kaum waren sie aus dem Zimmer, versetzte ich ihn in Trance und las Deinen Brief. Und las ihn immer wieder durch, regelrecht hungrig. Es war so wunderbar, endlich etwas von Dir zu hören, daß ich nahe daran war, in Tränen auszubrechen. (Mit den Augen von Prinz Ram!) Als ich Deinen Brief dann fast auswendig kannte, brachte ich den Prinzen dazu, ihn zusammenzurollen und in dem Wandschrank zu verstecken, wo meine Briefe darauf warteten, an Dich abgeschickt zu werden, und nachdem ich versucht hatte, jede Erinnerung an das, was vorgefallen war, aus seinem Gedächtnis zu streichen, weckte ich ihn auf.

Im günstigsten Fall würde ihn nichts mehr an die befremdliche Rolle mit der geheimnisvollen Schrift darauf erinnern. Aber es war wahrscheinlicher, daß vage und nebelhaft der Eindruck zurückblieb, ein Dokument gesehen zu haben, das ihm rätselhaft vorgekommen war. Hoffentlich glaubt der Prinz jetzt einfach, er hätte das Ganze nur geträumt – so wie jemand träumt, er hätte ein Buch in Griechisch oder Arabisch in die Hand genommen und wäre zumindest im Schlaf fähig gewesen, es zu lesen und zu verstehen, auch wenn er sich im nachhinein an kein einziges Wort mehr erinnern kann.

Auf alle Fälle klingst Du glücklich und zufrieden und das freut mich für Dich. Ich habe mit Erleichterung zur Kenntnis genommen, daß das Wetter nicht so gräßlich ist, wie ich fürchtete. Kalt ja, aber damit muß man im Europa der Eiszeit ja rechnen, und wenigstens hat es nicht allzuviel geschneit. Die Beschreibung, die Du mir von dem Haus gegeben hast, in dem Du lebst, und das ganz aus Mammutknochen besteht, ist wirklich höchst beeindruckend. Das Fundament aus Mammutschädeln, die Wände aus Kieferknochen, die über Kreuz gestapelt wurden, die mächtigen Schädelknochen, die den Eingang bilden – ich vermute, daß so etwas in Naz Glesim unter stattlichem Anwesen rangiert. Wie ich sie kenne, verfügen athilantische Stadthalter natürlich über die bestmögliche Unterkunft.

Interessant, was Du über die häßliche, abgerissene Gestalt mit dem fliehenden Kinn und der niedrigen Stirn geschrieben hast, die man um das Dorf herumschleichen sah. Glaubst Du wirklich, es ist möglich, daß es sich dabei um einen Neandertaler handelt? Meiner Meinung nach sind die Neandertaler jetzt seit langer Zeit, seit mindestens fünfzehn- oder zwanzigtausend Jahren ausgestorben. Aber es kann durchaus möglich sein, daß ein paar von ihnen immer noch in den Tiefen der Wälder herumlungern, und wie entwurzelte, traurige Verbannte herumstreifen.

(Wir stellen gerade einmal wieder fest, wie wenig wir eigentlich über den prähistorischen Menschen in den Tagen vor der Zeitforschung wußten! Uns standen ja damals auch nur ein paar verstreute Skelette zur Verfügung, die hier und da durch einen glücklichen Zufall erhalten geblieben waren, und eine Ansammlung von Steinwerkzeugen und -waffen. Und daraus konstruierten wir einen vagen Abriß von Hunderttausenden von Jahren menschlichen Lebens. Gemessen an den Daten, die uns dabei zur Verfügung standen, ist wohl nicht schlecht geraten worden, aber jetzt sind wir wirklich hier vor Ort, sehen selbst, wie anders alles aussieht. Der Neandertaler-Mensch ist also noch nicht völlig verschwunden, wenn Du recht hast, und die paläolithischen *homo-sapiens*-Menschen verfügen über eine viel höher stehende Kultur, als wir gedacht hatten. Und dann sind da natürlich auch noch die Athilanter, dieses unvergleichliche Volk, dessen Existenz wir kaum je für möglich gehalten hatten, die die Welt beherrschten und so weit zurück in der Vergangenheit eine moderne hochtechnisierte Zivilisation errichtet hatten. Und das auch noch mit *Elektrizität*.)

Jetzt, wo ich weiß, daß meine Briefe tatsächlich bei Dir ankommen, und Du mir antworten kannst, werde ich wohl öfter schreiben. Und ich hoffe, Du auch. Es war wunderbar, wie das furchtbare Gefühl der Isolation sich durch die Nachricht von Dir in Nichts auflöste, diese trostlose Einsamkeit, das ruhelose Grübeln über Probleme, über die man sich eigentlich gar keine Gedanken zu machen brauchte. Ich kann den nächsten Brief von Dir kaum erwarten.

Es ist natürlich riskant. Nicht nur, weil du die Lenkung des Körpers von unserem Gastgeber übernehmen mußt, um die Briefe zu schreiben, sondern auch, weil das Hin- und Herschicken dieser bizarren Rollen in einer unbekannten Sprache vielleicht jemanden dahinter Hexerei oder Spionage vermuten läßt. Es könnte eine Untersuchung geben. Aber, nicht wahr, trotz der Risiken ist es die Sache wert? Ich denke schon. Als dieser Brief von Dir heute morgen kam, das war einer der großen Momente in meinem Leben. Zu erfahren, daß es Dir gutgeht, zu hören, was Du in den letzten Wochen gemacht hast, diese Worte zu lesen: »Ich liebe Dich.« Jetzt will ich unbedingt den nächsten Brief.

Ich muß jetzt aufhören. Später mehr.

Jetzt ist es wirklich *später* – kurz vor Sonnenaufgang.

Es hat Ärger gegeben. Der Prinz weiß, daß ich hier bin.

Obwohl ich, aus Gründen die Du mittlerweile kennst, seinen Geist eine Zeitlang nicht mehr tiefergehend abgetastet habe, kann ich nichts dagegen machen, daß ich die mentalen Vibrationen wahrnehme, die von ihm ausgehen. Wenn er aufgeregt ist, spüre ich es. Wenn er zornig ist. Wenn er müde ist. Wenn er angespannt ist. Es ist eine ständige Übertragung, die ich automatisch empfange.

Heute, ein paar Stunden nach der Episode bei der Ankunft Deines Briefes und meiner Übernahme bei seinem Versuch, ihn ins Feuer zu werfen, entdeckte ich allmählich eine neue und beunruhigende Stimmung in ihm. Sie lag irgendwo zwischen Furcht und Zorn, und sie wurde von Minute zu Minute stärker, ein langsamer, stetiger Spannungsaufbau, der zu einer Art Explosion führen mußte.

Es war furchteinflößend, zu fühlen, wie er wie eine Bombe vor sich hintickte. Ich war versucht, hineinzufühlen in ihn und zu versuchen, ihn zu entschärfen, bevor er in die Luft ging. Aber ich wußte nicht wo, und was ich entschärfen konnte. Also wartete ich ziemlich nervös, fragte mich, was wohl passieren mochte, während er sich weiter hineinsteigerte.

Schließlich sprach er laut und deutlich zu mir. Es war, als explodiere ein Sprengsatz direkt vor meinem Gesicht:

–Wer bist du, Dämon, und warum bist du in mir?

Erinnerst Du dich daran, als ich sagte, wir sind eigentlich böse Geister, die von den Seelen und Körpern unserer Wirte Besitz ergreifen? So sieht es auch Prinz Ram.

Ich war total verblüfft. Ich wußte nicht, was ich sagen oder denken sollte.

Hier war meine einmalige Chance, in direkten Kontakt mit dem Prinzen zu treten. Wenn meine früheren Briefe Dich erreicht haben, weißt Du recht gut, daß ich seit längerem gegen diese Versuchung angekämpft habe. Erfolgreich. Dieser Schuß aus dem Dunklen von seiten des Prinzen hätte meinen Vorsatz, dem Beobachter-Schuld-Syndrom zu widerstehen, mit Leichtigkeit zerschmettern können. Aber so war es nicht. Als der Staub sich gelegt hatte, stellte ich fest, daß es mir gelungen war, das Schweigen aufrechtzuerhalten, wie wir es während unseres Trainings gelernt haben. Ich schirmte mich weiter ab, ließ nur minimalen Kontakt mit dem Geist von Prinz Ram zu.

Aber er blieb mir auf den Fersen.

–Ich weiß, daß du da bist. Ich spüre dich verborgen in meinem Geist.

Ich schwieg weiter. Was konnte ich denn tun? Ihm sagen, daß er sich alles nur einbildete? Jeder Kontakt, den ich aufgenommen hätte, hätte mich enttarnt, meine Gegenwart bestätigt.

– Wer bist du, Dämon? Warum plagst du mich?

Er regte sich immer mehr auf, zitterte und bebte. Sein Herz schlug heftig, und in seinen Schläfen pochte es wie von Hammerschlägen. Er kniete nieder und bedeckte sein Gesicht mit den Händen. Dann drückte er die Hände mit furchtbarer Kraft seitlich an den Kopf, als wollte er mich mit dem bloßen Druck austreiben. Er richtete die ganze Macht seiner Konzentration auf die Aufgabe, mich aus seinem Geist zu vertreiben.

Natürlich hatte das keinerlei Wirkung auf mich. Aber die Qual des Prinzen war schrecklich. Jeder Muskel seines Körpers litt darunter. Seine Augen traten hervor, der Atem kam in keuchenden Stößen, Schweiß brach aus allen Poren. Streßhormone überfluteten seinen Organismus. Der Sturm, der in ihm tobte, war furchteinflößend. Konnte er sich auf diese Weise schaden? Ich wußte es nicht.

Aber ich hatte nur zwei Möglichkeiten, mich zu erkennen zu geben, oder ihn in Trance zu versetzen und ihn zu beruhigen. Ich entschied mich für die letzte Möglichkeit, und er sank langsam in sich zusammen und lag dann still da.

Eine Zeitlang hatte ich Angst, etwas anderes zu unternehmen. Dann begann ich vorsichtig damit, die oberen Bereiche seines Geistes zu durchforschen.

Wie ich es befürchtet hatte, war es mir nicht gelungen, die Erinnerung an Deinen Brief vollständig auszulöschen. Auch an den früheren Brief von mir, den er damals gesehen hatte, als der Steward an Bord des Schiffes hereingeplatzt war, erinnerte er sich vage. Das brachte ihn dazu, an das seltsame Herumtaumeln an jenem Nachmittag zu denken und an den ›Schlag‹, den er erlitten hatte, als ich vor Wochen in seinen Geist eingedrungen war, und die merkwürdigen Schmerzen in seinem Arm und verschiedene andere kleine Kuriositäten, die in direkter Beziehung zu meiner Anwesenheit in seinem Innern standen. Und er hatte exakt die richtige Lösung gefunden. Wie Du weißt, ist der Prinz ein außerordentlich intelligenter Mann.

Ich konnte kaum hoffen, all seine berechtigten Verdachtsmomente zu tilgen, indem ich nun in seinem Geist herumpfuschte. Dabei würde ich soviel verändern müssen, daß größere Schäden nicht auszuschließen wären. Aber ich konnte ihn auch nicht so auf dem Boden hingestreckt liegen lassen. Also griff ich hier und da ein, setzte den Fluß seiner Hormone wieder in Gang, um ihn so ruhig wie möglich zu stellen, und holte ihn dann wieder aus der Trance zurück.

Er richtete sich stirnrunzelnd auf, schüttelte den Kopf, versuchte aber nicht mehr, mit mir Kontakt aufzunehmen. Er stand einfach auf, lief ein paarmal im Zimmer hin und her und steckte den Kopf zum Fenster hinaus, holte dreimal tief Atem. Dann rief er nach dem Diener und ließ sich eine Karaffe Wein bringen. Er nippte kurz daran. Saß dann herum, den Blick auf nichts Bestimmtes gerichtet, sein Geist nahezu leer. Schließlich sprach er seine Gebete, ging zu Bett und fiel in tiefen Schlaf. Jetzt ist es fast Morgen. Er ist noch nicht wach.

Meine ganze Mission ist in Gefahr. Ich muß jetzt bei allem, was ich tue, besonders vorsichtig sein. Ich weiß, daß er immer noch fest daran glaubt, daß ein Dämon in ihm steckt. Und er hat ja recht. Die Intensität seiner Reaktion war schon erschreckend. Ich will nicht, daß er sich in eine Besessenheit hineinsteigert – oder einen Nervenzusammenbruch hat, der seine Stellung als Thronerbe gefährden könnte. Ich kann es wohl wagen, ihn weiter dazu zu benutzen, die Briefe zu schreiben, während er in Trance ist, aber ansonsten muß ich mich zurückhalten. Wenn es zum Schlimmsten kommt, muß ich vielleicht sogar das ganze Projekt aufgeben und vor Ablauf der geplanten Zeit zurückkehren. Wir werden sehen. Drück mir die Daumen, Liebes. Später mehr, hoffe ich.

Fortgesetzt am nächsten Tag.

Eine Exorzismuszeremonie hat stattgefunden, bei der ich aus dem Geist des Prinzen ausgetrieben werden sollte. Das hat natürlich nicht funktioniert. Dennoch ist meine Lage weiterhin schwierig.

Sofort nach dem Aufwachen bestellte Prinz Ram seinen Ratgeber Teneristis zu sich, der Wesir des Reiches ist und viele Jahre hindurch der besondere Mentor des Prinzen war. Teneristis ist ein sehr kleiner, forscher alter Mann, nüchtern und zäh, mit zwei dicken weißen Haarbüscheln, die ihm ziemlich komisch wie Hörner seitlich vom Kopf abstehen. Doch sonst ist überhaupt nichts Komisches an ihm.

Der Prinz sagte: »In mir ist ein Dämon. Er verdunkelt meinen Geist und läßt mich Dinge sehen und tun, die ich nicht verstehe.«

»Dann wirst du ins Labyrinth gehen«, erwiderte Teneristis, ohne zu zögern. »Denn du hast gesündigt, kein Dämon hätte dich sonst überwältigen können. Im Labyrinth wirst du dich von den Sünden reinwaschen.«

Das Labyrinth! Die Schatten von Theseus und dem Minotaurus! Aber dies ist nicht Kreta, und der Mythos des Theseus wird erst in einigen tausend Jahren erdichtet werden. Das Labyrinth von Athilan ist allerdings auch kein Kerker für ein Monster, es ist ein geweihtes Heiligtum, das sich in einem Netz von dunklen, muffigen Höhlen befindet, auf halber Höhe an der Flanke des Balamoris gelegen. Ich vermute, die Höhlen sind natürlichen Ursprungs, wohl Teil des geologischen inneren Kanalsystems, das unter den meisten Vulkanen zu finden ist – all diese Röhren, Luftschlitze, Vulkanschlote und das ganze Zeug, das unter einem Vulkan entsteht, wenn er immer höher wächst. Dieser Vulkan hat lange Zeit geschlafen, und die Athilanter haben diese Kaninchenhöhlen an seinen Hängen mit einem wabenförmigen Netzwerk geweihter Schreine durchsetzt.

Es ist ein herrlicher Berg. So friedlich, so sanft liegt er da, und man könnte glatt vergessen, daß er schon bald eines Morgens wieder brüllend zum Leben erwachen und diese ganze märchenhafte Zivilisation zerstören wird.

Der Prinz ritt allein im frühen Dunst des Morgens los, durch die schimmernden weißen Straßen von Athilan, vorbei an Tempeln und Palästen, an Villen und Parks, die herrlichen grünen Hänge des Vorgebirges zum Balamoris hinauf. Dort band er sein Pferd an, kniete nieder und betete. Dann schritt er, ohne zu zögern, auf den schmalen Eingang des Labyrinths zu.

Es war nur ein Spalt ziemlich hoch oben am Berg, nicht gekennzeichnet und nicht geschmückt. Er trat hindurch in eine achtseitige Kammer, die weiß und blau gekachelt war und zu einem gepflasterten Durchgang führte, der nach unten ins Innere verlief. Die Kammer wurde durch drei elektrische Lampen erhellt, die ein sattes, goldenes Licht verbreiteten. Der Gang war nach den ersten zwanzig Schritten nicht mehr beleuchtet. Es wurde immer dunkler um ihn herum, und dann war es stockfinster. Stunden schienen zu vergehen, während er tiefer und tiefer den spiralförmig verlaufenden Gang hinunterschritt, in ein Reich der beklemmenden Finsternis, in das kein Lichtstrahl je hinunterdrang.

In dieser totalen Schwärze ist der einzige Wegweiser eine Reihe von glatten hervorspringenden Mustern, die in die Wände gemeißelt wurden. Man ertastet seinen Weg, erfühlt die uralten heiligen Bilder, ›liest‹ die Wände mit den Händen ab. Es gibt dabei eine logische Folge von Motiven, die zumindest die Athilanter kennen, wenn es auch für mich keinen Sinn ergibt, und solange sie die Passagen aus den religiösen Unterweisungen, die sie studierten, richtig im Kopf haben, können sie ihren Weg finden. Irrt man sich jedoch im kleinsten Detail, so verirrt man sich rasch, und die Chance, den Ausgang wiederzufinden, ist äußerst minimal. Teneristis ging also ein beträchtliches Risiko ein, als er den Thronerben in das Labyrinth schickte.

Der Prinz schien sich keine Sorgen zu machen. Er kam rasch voran, seine Hände glitten über dieses und jenes Relief. Er schien zu wissen, was er finden mußte, und er fand es auch. Es gab nur einen schrecklichen Augenblick, als er nach dem Abtasten eines Bildes innehielt und ihn der Zweifel jäh wie ein Speer durchfuhr. Er blieb stehen, holte ein paarmal tief Atem, zwang sich zu eisiger Ruhe und berührte wieder die Bilder.

Diesmal fand er den Schlüssel, den er zuvor vermißt hatte, eine doppelte Zickzacklinie links vom Hauptteil des Bildes. Er atmete leichter und setzte seinen Weg fort.

Weiter und weiter ging es und immer tiefer hinab.

Die Wände des Ganges waren hier enger und niedriger. Er mußte sich bücken und hindurchzwängen. Die Luft wurde wärmer. Er trug nichts außer einem Lendentuch, aber selbst damit war er bald in Schweiß gebadet. Obwohl er ganz ruhig war, gelassen und zuversichtlich, lag doch nicht weit von der Mitte seiner Seele auch das Wissen um die Gefahr. Er mußte nur falsch abbiegen und würde sich hoffnungslos verirren. Ein schrecklicher Tod, allein hier unten in der drückend heißen Finsternis, während er nach Wasser und Essen schrie, und nach Licht.

Dann fühlte ich, wie sein Herz vor Freude hüpfte, denn er bog plötzlich um eine scharfe Ecke des Korridors an eine Stelle, wo er *sehen* konnte.

Hier lag das Ende des Weges, das Herz des Labyrinths, die Büßerkammer.

Es war ein kreisrunder Raum mit einer Kuppeldecke und mit einer Öffnung im Boden, direkt in der Mitte. Durch die Öffnung drang Licht nach oben, rotes, flackerndes Licht, das flammende Herz der Welt, das durch die Eingeweide des Vulkans nach oben glühte. Als er über den Rand spähte, konnte Ram tief unten die rosigen Lachen feuriger Lava sehen, die sich zähflüssig wälzte und Blasen warf. Heiße Dämpfe wallten nach oben. Und während ich in diesen abgrundtiefen, schäumenden Schmelzofen starrte, sah ich den Tod von Atlantis, der auf den Ausbruch lauerte.

Hier kniete er nieder, den Kopf gegen die Knie gepreßt. Hier betete er dafür, von dem Geist erlöst zu werden, der in ihn eingedrungen war.

Er nannte die Namen der Götter. Er nannte die Namen von Königen – die geheimen Namen, die sie als Prinzen getragen hatten, bevor sie zum Harinamur geworden waren. Er rief alle Mächte des Universums an, ihn zu befreien von –

Mir.

Die Worte strömten mit einem wilden, schrillen Heulen aus ihm heraus, unheimlich und fremdklingend. »Ich bin abgewichen vom Pfad meiner Väter«, rief er schluchzend. »Ich weiß nicht wie, aber ich habe gesündigt, und ich wurde bestraft für meine Sünden, und nun bin ich verflucht. O ihr Götter! Sagt mir, wie ich mich davon befreien kann!«

Er kniete dort, zitterte in der vulkanischen Hitze und wartete darauf, daß ihm die Gnade der Götter zuteil wurde.

Einen verrückten Augenblick lang glaubte ich fast, daß es funktionierte, daß ich aus seinem Geist geschabt und in eine grausige Vorhölle geschleudert wurde. Es war beängstigend. Wirbelwinde tobten und brüllten um mich herum. Die Wände der Kammer schienen sich um mich zu schließen. Der Berg drückte auf mich herab.

Ram hatte anschließend alles unter Kontrolle, er und seine Götter. Ich konnte spüren, wie er nach mir suchte, versuchte, mich zu packen und auszuhebeln.

Mir blieb nichts anderes übrig, als zu kämpfen wie, nun ja, wie ein Dämon. Ich stieß ihn zurück, errichtete um mich herum Abwehrblokkaden und flüchtete durch die Flure seines Geistes. Es gab Momente, in denen ich spürte, daß er mich zu fassen bekam, herauslöste, beinahe herauswarf.

Ich hätte wohl irgendwie die Möglichkeit gefunden, die Kontrolle über seinen Geist zu übernehmen und ihn im Zaum zu halten, aber hier konnte ich es nicht. Ich war auf der Flucht. Einen langen, erschreckend langen Augenblick dort unten in dem drückend heißen Raum im Bauch des Berges gewann er die Oberhand, und ich war hilflos. Ich kauerte mich eng zusammen und versuchte, mich in ihm ganz klein zu machen, unsichtbar, unauffindbar.

Und dann war es vorüber. Ich tastete hinaus, stellte die Verbindung zu seinem Geist wieder her, fand die Steuermechanismen und fühlte, wie der Druck von mir wich. Jetzt war ich wieder der Steuermann, und er das Fahrzeug. Ich war in Sicherheit.

Die Wirbelwinde legten sich. Was mich bedrängt hatte, wich zurück. Nach einer Weile erhob sich Ram aus seiner knieenden Haltung.

Er war ganz ruhig, richtig entspannt. Glaubte er etwa, er hatte mit meiner Austreibung Erfolg gehabt? Schon möglich. Vielleicht. Oder vielleicht war er auch einfach nur zufrieden, daß er dem Sieg über mich so nahe gewesen war. Er schwang fröhlich die Arme, streckte die Beine aus und füllte seine Lungen mit Luft wie ein Athlet, der gerade ein zermürbendes Spiel beendet hatte und sich allmählich entspannt.

Dann machte er sich auf den Rückweg durch den sich emporwindenden Gang, tastete sich rasch von Bild zu Bild, bis er in erstaunlich kurzer Zeit den Ausgang der Höhle erreicht hatte.

Als er ins helle Sonnenlicht des Nachmittags hinaustrat, sagte er – innerlich, direkt an mich gerichtet:

– *Also hat das Labyrinth hier nicht geholfen.*

Seine Worte trafen mich wie ein Schlag.

Du kannst mich nicht zum Narren halten, Dämon! Ich weiß, daß du noch immer da bist. Aber ich werde nicht zulassen, daß du mich beherrschst. Ich werde nicht zulassen, daß du mein Meister wirst.

Eine unbekannte, neue Kraft durchflutete ihn. Er war entschlossen, mich bis zum Ende zu bekämpfen, und ich wußte es jetzt.

Ob er das wohl schaffen kann?

Er ist stark und zäh. Ich kann jedoch seinen Geist lenken, aber er nicht meinen, jedenfalls nicht auf Dauer. Er war zwar dicht dran, da unten im Labyrinth, aber nicht dicht genug.

Dennoch konnte ich spüren, daß er sich mir widersetzte, als ich ihn in Trance versenkte, um den letzten Abschnitt dieses sehr langen Briefes zu schreiben. Am Ende habe ich natürlich gewonnen, aber das nächste Mal könnte es bereits schwieriger werden. Ich habe einen echten Tiger auf dem Hals.

Es sieht nicht gerade rosig aus. Ich werde versuchen, Dich auf dem laufenden zu halten, aber das wird vielleicht gar nicht mehr so einfach sein.

– Roy

◇ ACHT ◇

18. TAG, WESTLICHER WIND, GROSSER STROM.

Der Stand der Dinge in meinem letzten Brief war alles andere als angenehm. Zu meiner großen Überraschung benahm sich Prinz Ram jedoch von da an, als hätte er mit seinem Exorzismus im Labyrinth Erfolg gehabt, und der böse Geist wäre aus seiner Seele gewichen. Zumindest machte er das seinem Ratgeber Teneristis weis, als er im Verlauf des Tages in den Palast zurückkehrte.

Und er hat nicht mehr versucht, direkt zu mir zu sprechen.

Ich habe diese vier Erklärungen für sein Verhalten:

1) Er hat sich selbst überzeugt, daß die Austreibung funktioniert hat, ungeachtet dessen, was er zu mir sagte, als er die Höhle verließ.

2) Er versucht mich zu beschummeln, damit er mich überraschen kann, wenn er glaubt, daß meine Verteidigung Schwächen aufweist.

3) Er hat Angst, daß Teneristis, wenn er hört, daß das Labyrinth nicht seinen Zweck erfüllt hat, ihn auf eine noch gefährlichere und anstrengendere Pilgerfahrt schickt, die er wirklich nicht unternehmen will.

4) Der Ritus der Salbung steht unmittelbar bevor – die große Zeremonie, bei der Prinz Ram zum echten Mitregenten seines Vaters wird –, und er will sich einfach nicht von dem Gedanken an seinen Dämon ablenken lassen, der vielleicht von ihm Besitz ergriffen hat.

All diese vier Gründe können zutreffen. Oder keiner davon.

Wenn Ram wirklich glaubt, daß ich verschwunden bin, warum hat er mir dann verkündet, er wüßte, daß ich noch da bin? Das ergibt keinen Sinn. Und ich kann auch nicht so ohne weiteres glauben, daß er Angst vor Teneristis hat oder vor irgendeiner der Bußen, die Teneristis ihm auferlegen mag. Der Prinz zögerte offenbar nicht, als er in das Labyrinth geschickt wurde. Was könnte noch schlimmer sein?

Die Theorie über den Ritus der Salbung hat ein wenig mehr Substanz. Es ist das größte Ereignis in seinem bisherigen Leben. Wenn es nun gefährlich wäre oder auch blasphemisch, diesen Ritus auszuführen, während man von einem Dämon besessen ist? Vielleicht ist Ram so begierig nach der Salbung, daß er sie keinesfalls hinausschieben lassen will. Wenn er Teneristis eingesteht, daß er immer noch den widerborstigen Dämon mit sich im Kopf herumschleppt, würde vielleicht genau das eintreten. Auf der anderen Seite ist Rams Ehrenhaftigkeit eigentlich über jeden Zweifel erhaben. Wäre es nicht ehrenrührig für ihn, zu verheimlichen, daß es mit dem Exorzismus nicht geklappt hat, und diese äußerst bedeutungsvolle Zeremonie abhalten, während er sich in einem rituell unreinen Zustand befindet?

Das führt zu Punkt 2, der leider nur allzu plausibel klingt. Ram ist zum König erzogen worden, und das beinhaltet auch, schlau vorzugehen. Wenn es da einen lästigen Feind gibt, der einen quält und nicht verschwinden will, dann besteht eine Möglichkeit, ihn zu überwinden, darin, sich auf die Lauer zu legen und ihn zu erledigen, wenn er nicht damit rechnet.

Vielleicht befürchtet Ram auch, daß er mit dieser Dämonengeschichte als kommender König disqualifiziert und zugunsten seines jüngeren Bruders übergangen werden könnte, wenn er die Angelegenheit nicht so rasch wie möglich unter den Teppich kehrt.

Was auch immer der Grund sein mag, der Prinz schweigt in diesen Tagen. Und ich auch.

Drei Stunden später. Und alles hat sich total verändert. Laß mich vorab festhalten, daß der Prinz nicht in Trance ist, während ich das schreibe. Er ist ganz bei Bewußtsein und weiß, was vor sich geht, obwohl er natürlich keine Ahnung von der Bedeutung der Worte hat, die seine Hand unter meiner Anleitung formt.

Vielleicht begehe ich den schlimmsten Fehler meines Lebens und vielleicht auch den letzten, aber ich glaube irgendwie, daß alles gut werden wird. Ich werde Dir jetzt erzählen, was geschehen ist.

Die Ankunft des diplomatischen Postsacks aus Naz Glesim hat die Sache ins Rollen gebracht. Er enthielt den zweiten Deiner Briefe, in welchem Du von der Mammutjagd berichtest. (Ich glaube, sie müssen verrückt sein, diese riesigen Viecher mitten in einem treibenden Schneesturm zu jagen. Auch wenn sie glauben, daß es nie wieder warm wird, wenn sie es nicht tun.) Wie zuvor war die Rolle verpackt, als käme sie vom Statthalter Suppurilayl und war adressiert an Prinz Ram, also brachten die Bediensteten unten sie sofort in sein Studierzimmer hinauf.

Dieses Mal wartete der Prinz mit dem Öffnen, bis sie gegangen waren. Ich wartete auch, hatte vor, mich auf ihn zu stürzen und ihn in Trance zu versetzen, sobald er anfing, sie aufzurollen, damit er nicht einmal eine schemenhafte Erinnerung davon haben konnte. Aber er war mir voraus.

Ohne sie aufzurollen, sagte er, direkt an mich gerichtet, scharf und grell wie ein Blitzstrahl:

Enthält dies wieder deine Dämonenschrift?

Er wußte also, daß ich immer noch da war. Ich blieb stumm und versuchte, mich zu tarnen. Es hatte keinen Zweck.

Sag mir, was dies alles soll. Steckt auch ein Dämon in Statthalter Sippurilayl? Was vertraut ihr beiden Dämonen euch in euren Briefen an?

Dann öffnete er die Rolle und betrachtete sie.

Ja, sagte er. *Wie ich es erwartet hatte. Noch mehr Dämonenzeichen. Sei es drum, Dämon. Ich kann dich nicht austreiben, also muß ich versuchen, dich kennenzulernen. Sag mir, wer und was du bist, Dämon. Ich befehle dir zu antworten. Bei allen Göttern befehle ich es dir!*

Ich saß in der Zwickmühle. Ich konnte ihn entweder auf der Stelle außer Gefecht setzen und noch einmal versuchen, jegliche Erinnerung an diese Rolle aus seinem Geist zu löschen. Oder ich konnte die Wahrheit sagen – allem zum Trotz, was wir in unserer Ausbildung gelernt haben – und abwarten, was geschah.

Lora, ich habe nicht mehr als eine Sekunde gezögert.

Ich bin kein Dämon, sagte ich. *Ich bin ein Besucher aus einem Land, das weit am anderen Ende der Zeit liegt.*

Da war es ausgesprochen. Ich habe es wirklich gesagt. Ich habe die ganze Sache auffliegen lassen.

Eigentlich hatte ich kaum eine andere Möglichkeit gesehen, Lora. Wir hätten vielleicht nie damit anfangen dürfen, diese Briefe hin und her zu schicken, aber wir haben es getan, und so mußten der Prinz und vielleicht auch Statthalter

Sippurilayl die englischen Dokumente irgendwann zu sehen kriegen. Und zumindest der Prinz hat herausgefunden, daß hier etwas Seltsames vor sich geht.

An dieser Stelle hätte ich vielleicht noch in Prinz Rams Geist greifen und versuchen können, jedes einzelne Datenbit zu meiner Gegenwart den Rollen, die er gesehen hatte, auszulöschen. Aber nie zuvor in früheren Experimenten hatte ich eine so große Sache in Angriff genommen, einen Geist zu editieren, und jetzt gab es dort so viel zu entfernen, daß ich dabei nur erheblichen Schaden anrichten konnte.

Das wollte ich nicht riskieren.

Es war besser, alle Regeln zu brechen, ihm die ganze Wahrheit zu gestehen und die Konsequenzen zu tragen, sowohl hier als auch in unserer Zeit.

Und wie glaubst Du, reagierte der Prinz? Mit Verwirrung? Schock? Entsetzen? Einem schlichten Wutanfall oder blankem Hohn, weil er glauben mochte, daß der Dämon, der ihn quälte, auch noch *verrückt* war, und das die ganze Sache nur noch schlimmer machte?

Nichts dergleichen. Er war nicht verärgert oder aufgebracht. Er war sehr ruhig, beherrscht, beinahe sachlich. Ich nehme an, daß das einer der Unterschiede zwischen gewöhnlichen Sterblichen und Prinzen ist, die ihr ganzes Leben daraufhin erzogen werden, eines

Tages Regenten eines großen Reiches zu sein. Ein Prinz muß im Angesicht einer Krisensituation, egal, wie verrückt sie sein mag, kühl und beherrscht bleiben.

Er sagte: *Dann kommst du aus der Zeit, als die Götter auf Erden wandelten? Aus dem längst vergangenen, goldenen Zeitalter?*

Nein. Ich komme aus einer Zeit, die noch nicht geboren wurde.

Du meinst eine Zeit in der Zukunft?

Der Zukunft, ja. Mehr als zwanzigtausend Jahre von hier.

Ah, wie ausgesprochen merkwürdig. Und entstammst du unserem Volk?

Ich zögerte. – *Das glaube ich nicht, nein.*

Er dachte darüber nach. – *Also gehörst du zu den Drecksleuten?*

Vielleicht. Ich kann es nicht mit Sicherheit sagen.

Weil du aus einer so weit entfernten Zeit kommst?

Ja, bestätigte ich. *In zwanzigtausend Jahren ändert sich manches.*

Seine mentale Stimme schwieg lange. Ich spürte, daß er über die Informationen nachsann, die ich ihm gegeben hatte.

Schließlich sagte er: *Wenn du von so weit herkommst, dann mußt du ein großer Zauberer sein.*

Nein, das nicht. Aber es waren große Zauberer, die mich hierher sandten.

Du bist kein Zauberer? Du bist nur ein Dämon?

Weder Dämon noch Zauberer, Prinz Ram.

Nachdem er kurz nachgedacht hatte, sagte er: *Ich glaube doch, daß du ein Zauberer bist. Wie ist dein Name, Zauberer?*

Roy Colton.

So einen Namen kann nur ein Zauberer tragen.

Ich versichere dir, daß es ein ganz gewöhnlicher Name ist.

Es ist der Name eines Zauberers, erwiderte der Prinz fest. *Ich habe keinen Zweifel daran.* Er blieb wieder ganz ruhig. *Und warum hast du meinen Geist betreten, Zauberer? Was ist es, das du dort suchst?*

Seine geistige Stimme klang beiläufig wie im Plauderton. Die Mühelosigkeit, mit der er meine Gegenwart zu akzeptieren schien, brachte mich ein wenig aus dem Gleichgewicht. Zunächst hatte ihn das Wissen natürlich aufgeregt, aber jetzt schien er keine Probleme mehr damit zu haben. Er fand es wohl sogar recht interessant, und er war neugierig auf das Warum und Wieso.

Baute er mir eine Falle?

Es schien eigentlich nicht danach. Ich sah kurz sein endokrines System durch und fand unter seiner oberflächlichen Gelassenheit nur weitere Gelassenheit. Bei der Entdeckung, daß sich ein rätselhaftes Phantom in unsere Köpfe geschlichen hatte, wären Du und ich mit Sicherheit nicht so ruhig geblieben. Wir hätten sicher geglaubt, langsam verrückt zu werden. Aber das ist wohl der Wert einer Gesellschaft, in der die Götter noch lebendig sind, und wo man einfach damit rechnet, gelegentlich in den einen oder anderen Dämon oder Zauberer hineinzulaufen. Es kam Prinz Ram gar nicht in den Sinn, daß er vielleicht den Verstand verloren hätte, als er die ersten Stimmen in seinem Kopf hörte. Daß ich in ihm hockte, war ein Problem, das zu lösen war.

Seine Offenheit und Direktheit machten ihn ungemein sympatisch. Er wollte einfach nur wissen, wer ich war und warum ich hier war.

Also erzählte ich ihm alles. Ich brach jede Regel der Vorschriften.

Ich erzählte ihm, wie wir in jenem fernen Land in der Zukunft, in dem ich lebte, die Fähigkeit entwickelt hatten, unsere Seelen in der Zeit zurückreisen zu lassen. Ich beschrieb ihm, wie die Zeitforschung angefangen hatte, die ersten Experimente, die ersten Fehlschläge und Erfolge, die ersten kurzen Zeithüpfer von ein paar Stunden, ein paar Tagen, ein paar Wochen. Dann beschrieb ich ihm, wie wir, als wir die Technik beherrschten, begonnen hatten, das körperlose Bewußtsein von Freiwilligen durch die Jahrhunderte zurückzuschicken – hundert Jahre übersprangen, fünfhundert, tausend.

Ob er wirklich etwas davon verstanden hat, bleibt fraglich. Aber aus dem Auf und Ab seines Hormonspiegels konnte ich ablesen, daß er gefesselt war, absolut fasziniert, als ich davon sprach, wie die Zeitforscher die Vergangenheit wieder heraufbeschwören können, wenn sie ihre Erfahrungen mitteilen, und wie sie dadurch wieder lebendig wird.

Und dann sprach ich von Athilan – »Atlantis, wie wir es nennen«, sagte ich. Wie wir anfingen, vage Einzelheiten über die Existenz von Atlantis auszumachen, während wir unsere Forschung weiter und weiter in die Vergangenheit ausdehnten, und ich erzählte ihm, daß von allen Nationen in der alten Welt das Königreich von Atlantis das größte gewesen ist, und wir deshalb unbedingt mehr darüber erfahren wollten.

Ich hielt inne, fürchtete, zu viel verraten zu haben. Ich wollte ihm nicht erzählen müssen, daß die Zerstörung seines Landes bevorstand, das nur eine nebelhafte Erinnerung an ein großes Reich übrigbleiben würde, das Athilan einst gewesen war. Aber ich hatte ihm natürlich einen deutliche Hinweis gegeben. Wenn Athilan in meiner Zeit so gut wie vergessen war, was hatte ich dann anderes gesagt, als daß es irgendwo auf dem Wege dorthin zerstört worden sein mußte? Doch er war zu gefesselt von dem Gedanken, daß ein Geist in der Zeit zurückwandern konnte, und so umschifften wir diese offensichtliche Klippe.

Bist du der erste Zauberer deines Volkes, der Athilan besucht? fragte er.

Der dritte, antwortete ich. Und ich erzählte ihm von Fletchers Pionierreise und von Iversens, und wie die Informatioen, mit denen sie zurückkehrten, uns zwar weiterhelfen, aber doch noch zu begrenzt waren, denn Fletcher war im Geist eines Sklaven gelandet und Iversen in dem Kopf eines nicht übermäßig schlauen Ladenbesitzers, und keiner von beiden war in der Lage gewesen, allzuviel Einblick in die Einzelheiten des ahtilantischen Landes zu gewinnen. Also wurde noch ein gezielter Vorstoß unternommen, um sicherzugehen, daß der nächste Forscher in den Geist eines Mitglieds der regierenden Familie geraten würde.

Und also bist du hier, sagte Prinz Ram.

Und also bin ich hier.

Wir unterhielten uns den halben Nachmittag lang, obwohl er normalerweise seine Trainingsstunden gehabt hätte. Die Fragen über die Welt, aus der ich kam, sprudelten nur so aus ihm heraus.

Ich beschrieb ihm Telefonapparate und Fernseher, den Supersonic-Transport und Weltraumsatelliten. Ich sagte ihm, daß wir Bergwerkssiedlungen auf dem Mond hatten, und drei kleine Forschungsstationen auf dem Mars, und daß wir dabei waren, die Monde des Jupiters genauer unter die Lupe zu nehmen. Ich unternahm den Versuch, ihm zu erklären, wie unser Regierungssystem beschaffen ist, und wie es ist, in einer Welt zu leben, in der es mehrere große Nationen gibt und nicht nur eine, und wie wir es geschafft hatten, die grauenvollen Konflikte zu überleben, die uns in jenem furchtbaren zwanzigsten Jahrhundert beinahe alle den Garaus gemacht hätten.

Er war überhaupt nicht skeptisch. Er konnte wohl mühelos glauben, daß Zauberer, die fähig dazu sind, den Geist eines Menschen zwanzigtausend Jahre zurückzuschicken, auch Maschinen machen können, die in wenigen Stunden von Thibarak nach Naz Glesim fliegen würden, oder Bilder in einer Sekunde um die halbe Welt senden.

Das einzige, was er nicht begreifen konnte, war die Vorstellung demokratischer Wahlen. Er wollte den Namen unseres Königs wissen und wie lange er und seine Familie schon regierten.

So läuft das nicht mehr, sagte ich. *In unserem Land wählen wir alle vier Jahre einen neuen Regenten. Wenn er oder sie weise regiert, gibt man ihnen oft noch weitere vier Jahre. Und dann wählen wir jemand anderen.*

Das konnte er nicht verstehen, gleichgültig, auf wieviel verschiedene Arten ich es ihm zu erklären versuchte.

Das *Volk* wählte den König? Einem *Fremden* wird erlaubt, einen etablierten Regenten zu ersetzen?

Er war ganz durcheinander. Sein Körper versteifte sich, und in seinem Kopf begann es zu pochen. Erst als ich ihm sagte, daß es tatsächlich auch noch Länder gab, in denen der Regent viele Jahre lang die Macht ausübt, manchmal sogar ein ganzes Leben lang, entspannte er sich wieder ein wenig.

Aber auch die Vorstellung der Diktatur schien ihm bizarr und unschön. Die Macht an sich zu reißen, sich selbst zum Herrscher auszurufen und dann so lange zu regieren, bis das Volk einen satt hatte und davonjagte, woraufhin jemand anders aufstand und verkündete, er sei jetzt der Herrscher – nein, Prinz Ram konnte das nicht für bare Münze nehmen, zu irrsinnig kam ihm das Ganze vor. Unsere wissenschaftlichen Wunder, unser Fernsehen, unsere Zeitreisen und unsere Flüge zum Mars, das konnte er alles ohne einen Funken von Zweifel akzeptieren. Aber nicht unsere Politik.

Fortsetzung vom nächsten Tag.

So wie die Dinge stehen, sind Ram und ich Freunde geworden. Wirkliche Freunde. Er akzeptiert meine Gegenwart in seinem Innern problemlos, wird überhaupt nicht dadurch eingeschüchtert, hält es einfach für toll, daß ein Zauberer aus ferner Zukunft hinter seiner Stirn lebt und ihm alle möglichen wundervollen Sachen erzählen kann. Er hat natürlich nicht die

Absicht, jemanden einzuweihen. Es ist sein kleines Geheimnis, das er hütet und an dem er seine Freude hat.

Ich sehe ja ein, daß es unsere ganze Ausbildung über den Haufen wirft, daß ich ihn in alles eingeweiht habe. Es widerspricht allem, was wir im Rahmen des taktischen Vorgehens gelernt haben. Mein Kopf wird sicher auf den Block gelegt, wenn ich in unsere Zeit zurückkehre. All das wird Auswirkungen haben, nicht nur auf meine eigene, sondern auch auf unsere gemeinsame Zukunft. Aber ich konnte es nicht ändern. Es war der einzige ehrenhafte Ausweg. Entweder die Wahrheit eingestehen oder es riskieren, daß Prinz Ram den Verstand verlor. Nun ich habe meine Wahl getroffen, und jetzt muß ich damit leben, auch wenn es wohl bedeutet, daß ich meine Karriere ruiniert habe.

Er weiß, daß Du im Geist von Statthalter Sippurilayl steckst. Er weiß, daß wir mit Hilfe dieser Briefe in Verbindung stehen, und er will mir weiterhin helfen, indem er als mein Schreiber fungiert. Ob Du Dich Sippurilayl zu erkennen gibst, liegt ganz bei Dir. Ich persönlich glaube nicht, daß Du es tun solltest. Du kannst nichts dadurch gewinnen und höchstens alles verlieren, wenn Du in unsere Zeit zurückgehst. Schließlich hast Du immer noch eine Karriere in der Zeitforschung vor Dir, an die Du denken solltest, gleichgültig was mit uns passiert.

Wirst Du mir weiter schreiben, auch nachdem Du nun weißt, was geschehen ist?

Ich hoffe es sehr. Sonst wäre ich am Boden zerstört, Lora.

Bitte mach Dir keine Sorgen, daß Du Dich durch die Korrespondenz mit mir zu einer Art Komplize bei meinem Bruch der Vorschriften machst. Wenn wir wieder in unserer Zeit sind, werde ich laut und deutlich verkünden, daß ich ganz allein beschlossen habe, mich Ram zu erkennen zu geben, ohne Dich zu fragen und natürlich ohne eine Anregung von Dir.

Wie Du recht gut weißt, war es nie meine *Absicht*, meine Tarnung in dieser Weise auffliegen zu lassen. Es ist eben einfach passiert. Es war ein Fehler, und ich bin bereit, die Konsequenzen zu tragen, wenn die Zeit gekommen ist. Dennoch muß ich sagen, daß ich nicht so ganz einsehe, was es derart weit zurück in der Vergangenheit schaden kann, wenn ein kluger Prinz erfährt, daß wir aus dem zwanzigsten Jahrhundert in der Lage sind, durch die Zeiten zu vagabundieren. Daß er das weiß, kann ja wohl kaum einen Aspekt der Geschichte ändern, oder?

Etwa doch?

Nun, was ich getan habe, läßt sich nicht ungeschehen machen. Ram blieb die halbe Nacht auf und unterhielt sich mit mir, stellte mir eine Million Fragen, so wie man es mit einem neuen

Zimmergenossen tun würde. Alles über meine Familie, meinen Geburtsort, meine Ausbildung als ›Zauberer‹, bis ihm ganz schwindlig vor Müdigkeit wurde und ich ihn, ohne daß er es merkte, zu seinem eigenen Besten, in den Schlaf gleiten ließ.

Zimmergenossen sind wir ja nun wirklich.

Wie seltsam das alles ist, Lora! Wie überaus seltsam.

– Roy

◇ NEUN ◇

22. TAG, WESTLICHER WIND,
GROSSER FLUSS.

Neuigkeiten. Große Neuigkeiten. Wirklich eine verblüffende, wahnsinnig tolle Entdeckung. Eine völlig unerwartete Entdeckung, die alles, was an dem athilantischen Reich so unerklärlich gewesen war, in ein neues Licht rückt.

Da ich mich jetzt nicht länger vor Ram verbergen muß, kann ich mich frei in seinem Geist bewegen, und es scheint ihn nicht zu stören. Er betrachtet es nicht als Eindringen in seine Privatsphäre; so etwas kennt er anscheinend überhaupt nicht, und wenn, dann ist es ihm egal.

Worüber ich unbedingt alles herausfinden wollte, das war der Ritus des Sterns von Romanien.

Erinnerst Du Dich an die geheimnisvolle Zeremonie, die Ram und sein Vater in einer Nacht im letzten Monat durchgeführt haben? Der Prinz und der König hatten in den Himmel gestarrt, schwermütige Gebete an einen bestimmten Stern gesungen, ihre Kleider zerrissen, sie anschließend verbrannt und schließlich auch die Kronen zerstört, die sie getragen hatten. Offensichtlich ein wichtiger Ritus. Aber worum ging es dabei?

Ich glitt in die Tiefen von Rams Bewußtsein hinunter, um zu sehen, was ich darüber herausfinden konnte. Und ich entdeckte viel mehr, als ich erwartet hatte.

Ich muß Dir kaum sagen, daß man Forschungen am menschlichen Geist, weder am eigenen noch an einem fremden, vornehmen kann wie in einer öffentlichen Bibliothek. Gehirne haben keine Indexe, und man kann kein Computerdatenverzeichnis abrufen, um die bestimmten Daten, die man braucht, aufzuspüren. Vermutlich ist innerhalb des Geistes alles durchaus systematisch geordnet, aber das Genie wurde noch nicht geboren, das dieses System durchschaut. Man kann also nur auf gut Glück herumstochern und versuchen, die Verbindungen herzustellen, die man braucht.

Ich tastete Rams Geist an verschiedenen Stellen ab, suchte nach den Erinnerungen an den nächtlichen Ritus des Sterns von Romanien. Ich tauchte mit allen möglichen Sachen wieder auf – der Zeit im Labyrinth, einem Spaziergang an einem traumhaft schönen Strand, nur weißer Sand und glitzerndes Wasser, einem wilden Ritt über eine Lichtung – aber dann hatte ich es: Ram und der König, wie sie auf dem Dach des Palastes ihre Gebete sangen.

Dieser Eintrag in Rams Gedächtnisspeicher besaß ein ihm eigenes Gefühl, einen fernen Widerhall, einen ureigenen Klang. Es war wie eine dieser Melodien, die einen verfolgen, die man selbst nicht singen kann, die man aber überall wiedererkennt, wenn man sie hört. Ich kann es dir nicht anders beschreiben, so war es einfach. Und jetzt, wo ich es gespürt hatte, besaß ich einen Angelpunkt. Ich jagte diese oder jene mentale Straße hinunter, in der Hoffnung, diesen bestimmten Ton an anderer Stelle noch einmal wiederzufinden, als weitere Assoziationsverknüpfung mit Romanien.

Und ich fand es. Es erstand vor mir in einem Teil seines Gehirns, in dem Geschichte und Mythen schlummerten. Damit verwoben war ein seltsam bedrückendes Bild: verkohlte Trümmer, Stücke von verbranntem Seil, verdrehte Überbleibsel von etwas, das aussah wie Hängematten, die über einem Aschemeer gespannt waren. Ich sah mir das näher an. Ich spürte heiße trockene Winde, und ich sah eine riesige aufgeblähte Sonne am Himmel.

Näher. Tiefer. Die Asche wirbelte empor und wurde zu einer geisterhaften Stadt, die aus geflochtenem Schilf gebaut war. Gebäude, Straßen, Brücken — alles leicht, kunstvoll, schwerelos. Menschen mit ernsten Gesichtern schritten schweigend durch enge, miteinander verwobene Gassen. Manchmal war es Nacht, und eine Kette schimmernder Monde stand am Himmel. Dann wurde es Tag, und da war wieder die mächtige, bedrohliche Sonne.

Die Menschen sahen aus wie die Bewohner von Athilan: dunkles Haar und dunkle Augen, dunkle Hautfarbe, gedrungene Körper, breite Schultern. Ich glaubte Ram in diesen Straßen zu sehen und seinen Vater.

Die Sonne wuchs. Die Luft wurde heißer. In den Augen der Menschen, die durch die Straßen liefen, stand das Entsetzen. Ihre Welt näherte sich dem Ende. Schon bald würde Feuer über den Himmel fegen, bald würde diese kunstvolle Stadt aus geflochtenem Schilf zu dem Aschemeer werden, das ich zuvor erblickt hatte.

Ich sah Schiffe in den Himmel aufsteigen. Vielleicht ein Dutzend oder mehr, sie trugen die wenigen Glücklichen, die durch das Los erwählt worden waren und die der Explosion der roten Sonne entgehen würden.

Und dann der Rest – der Rest – o Lora, ich wußte, was mit ihnen geschehen würde, und mir tat das Herz weh bei dem Gedanken! Eine ganze Welt zerstört. Der Stern von Romanien sandte Flammenspeere durch den leeren Raum und vernichtete alles, bis auf das, was sich an Bord der zwölf oder sechzehn Sternenschiffe befand.

Dann die endgültige Zerstörung. Schreckliches Licht, wie das Wüten von tausend Atombomben zugleich, explodierte über dem Planeten. Aber die Sternenschiffe waren unterwegs, auf ihrer Reise in die leere Dunkelheit, die hinter dem flammenden Himmel lag.

Verstehst Du, was ich sagen will, Lora?

Lora, diese Athilanter sind *Außerirdische*. Humanoide Außerirdische, den Menschen so ähnlich, daß man kaum einen Unterschied feststellen kann. Sie kamen an Bord dieser Raumschiffe her, als Flüchtlinge aus einer anderen Welt, die Lichtjahre von uns entfernt lag und die sterben mußte, als ihre Sonne zur Nova wurde.

Kein Wunder, daß sie den echten Eingeborenen der paläolithischen Welt meilenweit voraus sind. Vielleicht tausend Jahre vor der Ära, die Du und ich jetzt gerade besuchen, vielleicht auch dreitausend davor, fielen sie plötzlich vom Himmel, brachten in eine Welt, die noch nicht einmal den Gebrauch von Metallen kannte, eine Kultur, in der bereits Raumschiffe gebaut wurden, die zwischen den Sternen verkehrten. Das heißt, eine Kultur, die sogar unserer voraus ist.

Es war kein Wunder, daß sie den Cromagnons und ihren Zeitgenossen wie Götter vorgekommen sein müssen, als sie inmitten der eisbedeckten Finsternis des Steinzeitalters eine mächtige Stadt auf der Erde erbauten.

Und ihre Nachkommen hier in Athilan blikken immer noch voller Qual und Trauer zurück auf ihre alte Heimat, die sie Romanien nennen. Jedes Jahr, in einer ganz bestimmten Nacht, richten sie ihren Blick auf die Sterne und singen Gebete für die Toten, in Erinnerung an das, was sie besessen hatten, bevor die rote Sonne am

Himmel anschwoll, bevor ihr unbeständiger Heimatstern aufglühte und ihre Welt zerstört wurde.

Jetzt verstehe ich, warum das Volk von Athilan für Rams Rückkehr in das Reich der Menschen dankte, als er damals vom Festland in die Stadt zurückkam, und warum sie die Festlandsbewohner als Drecksleute bezeichnen.

Sie hätten wohl durchaus noch andere schmeichelhafte Bezeichnungen für sie finden können, aber die Tatsache bleibt, daß die Athilanter sich selbst als die einzigen wahren Menschen betrachten und die Festlandsbewohner, die Eingeborenen der Erde, als eine Art minderwertigere Bewohner eines fremden Planeten. Hier liegt allerdings nicht die Form von Rassismus vor, wie sie in unserer modernen Welt üblich war. Da ging es jedesmal darum, daß ein Zweig der menschlichen Spezies sich selbst einredete, er wäre anderen Zweigen der menschlichen Rasse überlegen. Für dieses Gefühl der Überlegenheit gab es keinerlei Rechtfertigung, denn all die verschiedenen Rassen der heutigen Erde sind nur geringfügige Variationen derselben Spezies, des *Homo sapiens*. Diese Leute hier stehen jedoch *wirklich auf einer höheren Stufe*. Obwohl sie ihm beinahe zum Verwechseln ähnlich sehen, sind sie nicht einfach ein besonderer Zweig des *Homo sapiens*. Sie sind eine vollkommen andere Spezies. Ich sage ja nicht, daß es

Bewunderung verdient oder besonders nett von ihnen wäre, mit derartiger Verachtung auf die Festlandsbewohner herabzusehen, aber ich kann zumindest verstehen, warum sie so fühlen. Und vielleicht klingen ja auch manche Begriffe, die sie verwenden, nach der Übersetzung in unsere Sprache ein wenig verächtlicher als sie von den Athilantern gemeint waren.

Aber hört sich das nicht total verrückt an? Flüchtlinge von den Sternen, die in Weltraumarchen hierhergereist sind, die auf dieser paradiesischen Insel im Ostatlantik eine prächtige Stadt erbauten und ein weitreichendes paläolithisches Imperium errichteten? Aber es ist wahr. Ich habe Rams Erinnerungen an historische Chroniken aufgespürt, die er als Junge studiert hat. Du kannst das gleiche Zeug wahrscheinlich in Sippurilayls Geist finden, wenn Du danach suchst.

Und jetzt wissen wir, warum dieses Volk jedem anderen, das in prähistorischer Zeit auf der Erde lebte, so unwahrscheinlich weit voraus war. Sie hatten eben einen riesenhaften Vorsprung.

Die gegenwärtige athilantische Zivilisation ist noch nicht so weit entwickelt wie die, die auf Romanien zugrunde ging. Sie haben durch die Jahrhunderte hindurch eine Menge ihrer alten technologischen Kenntnisse verloren, vielleicht aus Gleichgültigkeit, vielleicht auch einfach deshalb, weil sie nicht in der Lage waren, sie auf dieser neuen Welt zu rekonstruieren. Aber sie sind in ihren Fähigkeiten und Errungenschaften dem primitiven Volk der Jäger, über das sie herrschen, immer noch unfaßbar überlegen.

Es hört sich zu phantastisch an, um wahr zu sein. Wie ein Mythos, eine Legende, ein Gedicht, nur nicht wie die schlichte Wahrheit.

Aber es *ist* tatsächlich die Wahrheit. Davon bin ich felsenfest überzeugt. Ich habe mit Ram darüber gesprochen, und er beharrt darauf, daß es kein Mythos ist, daß alles wirklich passiert ist, das Aufblitzen der Sonne, das ihre Welt zerstörte, die Auswanderung zur Erde, der Aufbau von Athilan auf einer unbewohnten Insel im wärmsten Teil des Planeten. Sie haben detaillierte und verläßliche Chroniken darüber. Jedes Kind studiert die Geschichte der Katastrophe, so wie wir alles über Christoph Columbus und George Washington lernen.

Geh und durchsuch mal die Erinnerungen von Statthalter Sippurilayl an seine Unterrichtsstunden in der Kindheit. Du wirst das alles dort finden. Ich weiß es ganz bestimmt.

Ist das nicht eine großartige Geschichte?

– Roy

◇ ZEHN ◇

4. TAG, MONAT DER GOLDENEN TAGE, JAHR DES GROSSEN FLUSSES.

Ich hoffe, Du hast Dir keine Sorgen um mich gemacht, weil ich so lange nichts von mir hören ließ.

Hier ist alles in Ordnung. Ich hatte nur keine große Lust zum Schreiben.

Um die Wahrheit zu sagen, meine letzten zwei Briefe waren mir ein wenig peinlich, der eine, in dem ich dir gestand, daß ich Ram meine Gegenwart enthüllt hatte, und der andere, in dem ich Dir von meiner Entdeckung der außerirdischen Herkunft der Athilanter berichtete. (Hast Du den zweiten schon erhalten? Wenn nicht, hört sich das für Dich bestimmt arg verworren an, was ich gerade gesagt habe.) Ich hatte Angst, daß der eine oder andere Brief von mir Dich überzeugt hätte, ich wäre übergeschnappt, und daß Deine Antwort ziemlich wütend ausfallen würde, weil ich die Vorschriften für Zeitreisen gebrochen hatte. Oder daß Du mir erzählt hättest, dieser ganze Kram mit den Athilantern, die aus einem anderen Sonnensystem stammten, sei der hirnverbrannteste Blödsinn, den Du je gehört hättest. Daher konnte ich mich nicht dazu aufraffen, Dir weitere Briefe zu senden, bis ich nicht Deine Reaktion auf diese beiden erhalten hatte.

Nun ist Deine Antwort auf meinen Ram-Enthüllungs-Brief eingetroffen. Du bist nicht böse auf mich, Lora, und mir fällt ein mächtiger Stein vom Herzen.

Daran habe ich wieder einmal gesehen, was für ein wundervoller Mensch Du bist. Und warum ich Dich so sehr liebe.

Wie Du auch selber sagst, wird es sicher ziemlich stürmisch um mich werden, wenn ich wieder in unsere Zeit zurückkehre.

Aber Du hast auch eingesehen, so, wie ich es gehofft hatte, daß die einzig ehrenhafte Entscheidung für mich darin lag, Ram die Wahrheit zu sagen. Ich konnte doch den Thronerben nicht in dem Glauben lassen, er sei von einem Dämon besessen, so daß er dann alle möglichen Geisterheiler zusammenrief, die ihn austreiben sollten.

Du hast Dich nicht zu der anderen wesentlich größeren Entdeckung geäußert, und daraus schließe ich, daß Du meinen zweiten Brief noch nicht bekommen hast, auch wenn Du Dir sicher manches, was darin stand, aus dem zusammenreimen kannst, was ich eben gesagt habe.

Jedenfalls kann ich Dir versichern, daß ich noch weitere Nachforschungen angestellt habe – Ram zeigte die königlichen Archive, in denen ziemlich detaillierte Aufzeichnungen über jedes Ereignis der Athilantischen Geschichte lagern –, und ich habe keinen Zweifel mehr daran, daß die Geschichte von der interstellaren Auswanderung der Wahrheit entspricht. Ram und sein Volk stammen wirklich aus einer anderen Welt.

Die Athilanter sind jetzt seit ungefähr 1143 Jahren auf der Erde. Harinamur – der erste – war Kapitän der Raumflotte, die sie hierher brachte. Die Wanderung selbst dauerte nur einunddreißig Jahre, was bedeutet, daß sie annähernd mit Lichtgeschwindigkeit geflogen sein müssen. Das läßt auf eine Technologie schließen, die der unsrigen Welt weit voraus ist, denn uns ist es noch nicht gelungen, derartige Geschwindigkeiten zu erreichen, und wir sind immer noch auf unser Sonnensystem beschränkt.

Sechzehn Raumschiffe waren auf die Reise gegangen. Sie existieren nicht mehr – in den ersten Jahren nach Gründung der Kolonie wurden sie vollständig auseinandergebaut und bei anderen Dingen wiederverwertet, weil Metalle äußerst rar waren und nach der Landung alle gewußt hatten, daß sie hierbleiben und nie wieder zwischen den Sternen umherreisen würden.

Die Leute daheim werden dies alles anhand astronomischer Daten bestätigen können. In einem Radius von 31 Lichtjahren kann es kaum allzu viele rote Sterne geben, die irgendwann instabil geworden waren, und vielleicht kann man herausfinden, welcher davon ungefähr 20.000 v. Chr. zur Nova wurde. Und dann wissen wir, wo sich der Stern von Romanien befunden hat.

Wenn wir einst Raumschiffe bauen können, die schnell genug sind, um uns zu anderen Sternen zu tragen, was vermutlich erst in hundert Jahren der Fall sein wird, können wir eine Expedition aussenden und nach den Ruinen einer Zivilisation suchen, die einst dort existiert hat. Damit hätten wir den Beweis.

Aber weiter im Text.

Der Prinz und ich kommen prima miteinander aus. Er fühlt sich absolut wohl bei dem Gedanken, daß wir denselben Körper teilen. Wenn er im Laufe des Tages seine prinzlichen Pflichten erfüllt, läßt er dazu einen ständigen Kommentar ablaufen, um mir alles zu erklären, was er tut. Ich habe ungeheuer viel gelernt über die Handelswege des Athilantischen Reiches, über seine Geschichte, über seine Religion. Ich hoffe, ich kann das auch alles ordentlich im Kopf behalten, bis ich in unsere Zeit zurückkehre.

(Verdammt blöd, daß wir keine Möglichkeit haben, irgendwelche Aufzeichnungen mit zurückzunehmen! Aber zumindest haben sie uns damals ordentlich gedrillt, um unser Erinnerungsvermögen auf Vordermann zu bringen.)

Der Prinz will natürlich auch viel über uns wissen. Unsere Zeit ist für ihn wie ein Märchen – eine Zeit, in der Milliarden von Menschen die Erde bevölkern, und alle möglichen verschiedenen Kulturen existieren. Er will alles über Städteplanung erfahren, über unsere Künste und Religionen, über Sport, Autos und Flugzeuge, über fast alles eben. Ich glaube, er hat manchmal den Verdacht, daß vieles von dem, was ich ihm erzähle, frei erfunden ist.

In manchen Momenten kommt es mir beinahe selbst so vor: Unsere Zeit kommt mir dann so schrecklich unwirklich vor. Dann ist nur noch Athilan real für mich, und alles andere ein Märchen. Das kommt wohl davon, wenn man keinen Körper für sich allein hat, habe ich mir sagen lassen.

Ein großes Ereignis steht unmittelbar bevor: der Ritus der Salbung. Die Vorbereitungen sind schon in vollem Gange, und die ganze Stadt nimmt daran teil.

Du wirst dich erinnern, daß dies das dritte von vier Hauptritualen ist, nach dem Ritus der Bestimmung und dem Ritus der Vereinigung, denen sich ein Prinz unterziehen muß, bevor er Großer Darionis von Athilan werden kann. Anscheinend wird der Thronerbe bei dieser Zeremonie in bestimmte große Geheimnisse eingeweiht, die jeder König kennen muß. Was das für Geheimnisse sind, weiß Ram nicht. Aber die Aussicht darauf, es endlich herauszufinden, hat ihn mächtig aufgeregt.

Mich auch, muß ich zugeben.

Es sind noch einige Wochen bis dahin, und die Zeit wird uns beiden ziemlich lang werden.

Die größte Sorge bereitet mir der Gedanke, die Leute zu Hause könnten mich vor dem Ritual hier abberufen. Es macht mich wirklich fertig, zu wissen, daß die ganze Zeit über die Uhr tickt und daß ich womöglich nie herausfinden werde, was das für Geheimnisse sind.

Wieviel Zeit bleibt mir hier noch? Das ist die große Frage. Ich weiß es nicht. Kannst Du Dich erinnern, in einem meiner ersten Briefe habe ich Dir erzählt, daß ich den Ablauf der Tage in unserer Zeit nicht mehr zusammenbrachte. Die Informationen, die Du geschickt hast, haben mir zwar ein wenig geholfen, aber das reichte nicht. Ich kann durchaus eine Woche in meinen Berechnungen hinterherhinken. Und darüber hinaus weiß ich auch nicht exakt, wann sie mich wieder zurückziehen werden. »Sechs Monate«, haben sie gesagt, aber ist das eine ganz exakte Angabe? Mir können also hier noch zwei Wochen bleiben, ein Monat, vielleicht sogar sechs Wochen. Ich weiß es nicht. Und ich will so lange es irgend geht hierbleiben, Lora. Aus verständlichen Gründen bin ich nicht unbedingt wild darauf, wieder zurückzugehen und mich dem Tribunal zu stellen. Aber davon abgesehen will ich hier auch einfach nicht weg. Noch nicht. Nicht bevor ich alles erfahren habe, was es über diesen Ort zu wissen gibt. Und ich glaube fest daran, daß der Ritus der Salbung mich dabei ein großes Stück weiterbringt.

Ich hoffe, ich höre bald von Dir.

Alles Liebe –

– *Roy*

◇ ELF ◇

36. TAG, GOLDENE TAGE, GROSSER FLUSS

Ich weiß, ich habe mich wieder ziemlich lange in Schweigen gehüllt, aber ich habe den Brief vor mir hergeschoben, damit ich Dir den Ritus der Salbung beschreiben konnte. Es ist jetzt also drei Tage her, daß er stattgefunden hat. Die Mysterien sind offenbart, und es war absolut überwältigend, etwas, das einen packt und so schnell nicht mehr losläßt. Es hat uns beide ganz hübsch aufgewühlt, Prinz Ram und mich, und ich habe ein paar Tage gebraucht, um nur darüber nachzudenken, was hier abgelaufen war, es zu verarbeiten und meine eigenen Reaktionen und Gefühle zu verstehen. Ich bin immer noch nicht sicher, ob ich es jetzt ganz im Griff habe.

Laß mich mal sehen, wo soll ich am besten anfangen?

Na ja, wohl am Anfang, am Morgen des Tages, an dem der Ritus der Salbung stattfand. Es war einer dieser wunderschönen, frühlingshaften athilantischen Tage, warmes, goldenes Sonnenlicht, frischer, klarer, blauer Himmel, und es schien ein echter Witz zu sein, daß wir eigentlich in der Eiszeit lebten.

(In Athilan ist jeder Tag ein Frühlingstag.

Noch lieblicher als die schönsten Tage in Kalifornien.)

Der Prinz hatte den ganzen vorangegangenen Tag hindurch gefastet und war die ganze Nacht wach gewesen, hatte gebetet und gesungen. Wir hatten keinen Kontakt miteinander. Ich achtete darauf, mich dicht unter der Schwelle seiner Wahrnehmung zu halten. Er wollte offensichtlich nicht gestört werden, und ich wollte ihn auch nicht behelligen.

Bei Sonnenaufgang führten ihn seine Leibsklaven in das große Marmorbad des Palastes und badeten und salbten ihn mit Duftwassern und Ölen. Dann kleideten sie ihn in eine herrliche, purpurgesäumte Robe aus reiner weißer Baumwolle, die reich mit Brokat und Goldbändern verziert war. Aus dem Badesaal trat er in eine kleine, sehr schlichte Kapelle im Erdgeschoß, wo er eine Zeitlang vor einer Säule aus schimmerndem schwarzen Stein betete.

Hier suchte ihn seine Familie auf: zunächst seine Schwester, Prinzessin Rayna, dann sein jüngerer Bruder, Prinz Caiminor, und schließlich seine Mutter, Königin Aliralin, die ich noch nie gesehen hatte. (Eine schlanke, stattliche, sehr majestätische Frau von großer Schönheit. Sie hatte sich anscheinend aus religiösen Gründen in die Abgeschiedenheit an der Nordküste der Insel zurückgezogen.)

Jeder von ihnen kniete der Reihe nach vor

Prinz Ram nieder, auch seine Mutter, und mit ausgestreckten Händen boten sie ihm schweigend eine flache Schale aus poliertem rosafarbenen Stein dar, in der sich jeweils ein Schluck eines aromatischen Weines befand. Er nippte feierlich daran. Ein Wein war rubinrot, einer golden, einer besaß kaum eine eigene Farbe. Jeder wirkte auf andere Art. Er wurde davon nicht betrunken – die athilantischen Weine scheinen niemanden betrunken zu machen; im Zusammenwirken erweiterten sie sein Bewußtsein, ließen seinen Geist glühen, strahlen wie nie zuvor.

Dann kam sein Vater zu ihm, barhäuptig, aber in das prunkvollste königliche Gewand gekleidet, das man sich vorstellen kann: dunkler Purpur mit großen, blitzenden Schulterstücken in reichem Scharlachrot. Er ragte vor dem Prinzen auf wie ein Gott. Er sprach kein Wort, streckte einfach die Hand aus, zog Ram aus der Kapelle, marschierte mit ihm aus dem Palast hinaus und die zahllosen Stufen hinunter, bis auf den großen Platz davor. Dort wartete ein Wagen, der von zwei der feurigigen, schnaubenden kleinen Pferde gezogen wurde, die die Athilanter haben.

Es schien, als sei die gesamte Bevölkerung der Stadt gekommen, um die königliche Prozession vorbeiziehen zu sehen. Ein großer Kreis durch die Stadt mußte abgefahren werden. Wir wandten uns zunächst westwärts, die Straße des

Himmels hinunter bis fast zum Meeresufer, schwenkten dann nach Norden ab, die breite, gewundene Prachtstraße entlang, die mit schimmernden, rosafarbenen Steinplatten belegt war und die Straße der Götter hieß. Überall drängten sich jubelnde Menschen, die Ram zuriefen.

»Thilayl!« schrien sie. »Hoheit!«

Und auch: »Stolifar Blayl!« Das ist Teil seines geheimen formellen Namens, bedeutet ›Licht des Universums‹ und wird anscheinend nur am Tag der Salbung laut ausgesprochen.

Der Zweck dieser Prozession, die Stunden andauerte, bestand schlicht und einfach darin, Ram dem Volk zu zeigen. Bis Mittag hatten wir fast genau wieder die Stelle erreicht, von der wir aufgebrochen waren, die Mitte des Platzes in der Zone der Tempel und Paläste. Die Sonne stand hoch, ihr grelles Licht glänzte jetzt auf den weißen Steinfassaden von Athilan.

Wir gingen nun zur östlichen Seite des heiligen Bezirks hinüber, wo das Land allmählich zu den Vorbergen des Balamoris hin ansteigt. Hier, die ganze Stadt überblickend, liegt der herrliche Platz der Tausend Säulen, einer der prachtvollsten öffentlichen Plätze, die es je in einer Stadt gegeben hat. Direkt hinter der Nordseite des Platzes steht ein bescheidenes, fensterloses kleines Gebäude, aus großen, schwarzen Granitquadern gefügt. Dies ist das Haus der Salbung, wo dem jeweiligen Mitglied der regierenden Familie von Athilan die Königswürde übertragen wird.

Ram und sein Vater traten barfuß Seite an Seite ein. Im Innern war es dunkel bis auf einen einzelnen Strahl der Mittagssonne, der durch eine zwölfseitige Öffnung in der Decke fiel. Der König und sein Sohn berührten sich in formeller Geste gegenseitig an den Fingerspitzen und umarmten einander, dann verließ der Vater schweigend das Gebäude.

Ram kniete unter dem Lichtstrahl nieder.

Aus dem dunklen Hintergrund traten drei Gestalten in Priestergewändern hervor. Glatte, weiße Masken, nur durch winzige Augenschlitze unterbrochen, verbargen ihre Gesichter vollkommen. Sie beugten sich über den knienden Ram und betupften seine Stirn mit dickem, süßem Öl. Das war die Salbung. Dann stimmten sie einen tragenden, rhythmischen Gesang an, wobei die Worte die alte Form der athilantischen Sprache hatten, in der epische Gedichte und religiöse Schriften abgefaßt waren, und die – wie in unseren Tagen Latein – kaum noch jemand wirklich versteht. Ram konnte wohl hier und da einige Sätze verstehen – die üblichen Phrasen über seine hohe königliche Abstammung, die schwere Verantwortung, die ihm nun übertragen wird.

Wie auch seine Geschwister und seine Mutter

es bereits getan hatten, bot ihm dann ein Priester nach dem anderen in einer flachen Schale aus poliertem Stein einen Trank an. Der Wein hatte einen leichten, würzigen Geschmack, und feine Bläschen sprudelten darin.

Schließlich zogen sich die Priester zurück.

Ram kniete mit gesenktem Kopf und wartete.

Langsam verfiel er in einen traumartigen Zustand. Es wurde dunkel um ihn, und er fühlte sich schwindlig. Der schmale, von oben einfallende, goldene Strahl erblaßte immer mehr. Bunte Farbwirbel schwappten wellenartig vor und zurück, wie sich blähende Vorhänge aus den schwarzen Tiefen des Hauses der Salbung.

Er hatte Visionen.

Zunächst war alles turbulent und unklar. Dann wurde sein Geist zu einer Leinwand, und er erblickte, und ich mit ihm, den Nachthimmel, die Lerre des Raums, vorbeirasende Meteoriten, Sterne und Galaxien, mächtige vorüberjagende Kometen.

Die Einstellung wurde schärfer. Jetzt glitt sein Geist hinab auf die Oberfläche von Romanien, so wie es vor seiner Zerstörung gewesen war. Die Flechtwerkhäuser, die Straßen aus verwobenem Schilf, alles geschmeidig und biegsam, von der leichtesten Brise bewegt. Und das Volk auf Romanien ging ruhig seinen Geschäften nach, war fleißig, glücklich –

Bis die Sonne allmählich anschwoll, bis das große rote Auge schließlich den ganzen Himmel ausfüllte –

Reglos, unbeteiligt, sahen Prinz Ram und ich aufs neue zu, wie die Heimatwelt dieses Volkes zerstört wurde. Das Flehen, die Schreie, der trockene Wind, die sengende Hitze, der erste Flammenstoß, die schwelenden Häuser und dann der Holocaust, eine Welt in Flammen, alles von einem Augenblick zum nächsten in Asche verwandelt, während die sechzehn schimmernden Raumschiffe mit den wenigen Glücklichen, die fliehen konnten, verzweifelt in den Himmel emporstiegen –

Dann verfolgten wir den Auszug, die Jahre der Wanderung durch den Raum, auf der Suche nach einem bewohnbaren Planet. Der erste Eindruck von der wundervollen Erde, strahlend blau in der schwarzen Hülle der Nacht. Die Forschungsgruppe landete, suchte die öden, eisbedeckten Kontinente nach einem Ort ab, an dem die Athilanter leben konnten. Dann die Entdekkung der warmen, freundlichen Insel, die von einem sanften Ozean bespült wurde. Die sechzehn Schiffe tauchten hinunter und brachten die Wanderer endlich in eine neue Heimat.

Im Bruchteil eines Augenblicks waren Prinz Ram und ich Zeugen der gesamten Geschichte seiner Rasse gewesen. Der Wein, die Droge, was immer sich in der flachen Schale befunden haben mochte, hatte ihn von den Banden der Zeit gekappt, und er schwebte nun frei durch die Äonen, durchstreifte mühelos und ohne Einschränkung die ganze Vergangenheit.

Wir sahen, wie die Stadt gebaut wurde, sahen Harinamur den einzigen König inmitten seines Volkes, wie er Alleen und Prachtstraßen anlegte, die Plätze für die Tempel auswählte, die Paläste, die Parks, die Marktplätze. Arbeiter setzten raffinierte Gerätschaften ein, um Marmorblöcke aus den Hängen der Hügel zu schlagen. Nichts würde in dieser Stadt an die alte Heimat auf Romanien erinnern. Dort war alles biegsam, zart und federnd gewesen. Hier würden sie mit Stein bauen.

Die Stadt wuchs empor. Die Fremden eroberten von hier aus das eisige Hinterland, schüchterten das wilde Volk ein, das dort hauste, und erbauten ein mächtiges Reich, das durch die ersten Straßen verbunden war, die es je auf dieser Welt gegeben hatte.

Wir sahen zu, wie die Stadt sich ausdehnte. Wir sahen, wie sie sich mit blühendem Leben füllte. Strahlendes Sonnenlicht schimmerte auf den Palästen aus weißem Stein. Prächtige Villen kletterten an den grünen Hängen des Balamoris empor. Im Hafen drängten sich die Schiffe, die aus allen vier Himmelsrichtungen dieses herrlichen, unberührten Planeten Waren hereinbrachten.

Und mit einem Schlag war alles verändert, von einem Augenblick auf den anderen.

Zunächst verfinsterte sich der Himmel. Dann stieg vom Gipfel des Berges eine Rauchsäule empor. Sein Fuß erbebte. Ohne Vorwarnung hatte die Vision eine andere Wendung genommen und mich damit völlig überrascht. Ram, der tief in seinen Träumen von der Vergangenheit steckte, wußte nicht, was jetzt kam. Aber ich wußte es schon bald.

Ich erkannte jetzt, daß er sich während dieser Zeremonie sowohl rückwärts als auch vorwärts in der Zeit bewegen konnte.

Er hatte eine Vision von der Gründung der großen Stadt gehabt. Und jetzt wurde ihm ihr Untergang vorgeführt.

O Lora, wenn ich ihm den Anblick hätte ersparen können! Wenn ich seine Augen bedekken und ihn daran hätte hindern können, den Tod von Athilan zu sehen, ich sage Dir, ich hätte es getan! Aber ich hatte nicht die Macht. Ich war nur ein unbedeutender Reisender, der in einer Ecke seines träumenden Geistes eingezwängt hockte.

Und so sahen wir gemeinsam zu.

Flammen schlugen aus dem Berg. Rauch trübte den reinen, klaren Himmel zu einem schmutzigen schmierigen Grau. Überall prasselte der plötzliche Regen aus kleinen leichten Bimssteinbrocken herab. Dann barsten die dikken Aschewolken. Ein heftiges Zittern nach dem anderen durchlief den Boden. Riesige Marmorplatten stürzten von den Fassaden der Häuser herab.

Die Säulen auf dem Platz der Tausend Säulen schwankten trunken von einer Seite zur anderen, dann fielen sie zusammen, als hätte die Faust eines Riesen sie getroffen.

Die Erde bebte – hob sich – barst – Straßen brachen, Häuser stürzten ein, Pflaster verschwand in jäh gähnenden Abgründen –

Der Himmel wurde rabenschwarz –

Das Meer stieg –

Ein überlautes, entsetzliches Stöhnen füllte die Luft, entrang sich nicht den Kehlen der Bevölkerung, sondern der Erde selbst. Überall stiegen Flammen empor.

Tosende Fluten donnern auf das Land herab. Lava strömt die Abhänge des Berges hinunter und ergießt sich in die Stadt. Erdbeben, Flut, Vulkanausbruch, alles zu gleicher Zeit. Zerstörung überall. Zerstörung. Verderben. Untergang.

Ein paar Schiffe verlassen den Hafen, kämpfen gegen das irrwitzige Wüten der Wellen an. Wieder einmal bricht eine Gruppe von Flüchtlingen auf, um sich zu retten, während Athilan zerfällt, so wie einst Romanien.

Die Oberfläche des Landes senkt sich. Sie fällt einfach in sich zusammen, als wäre alles, was sie bisher gestützt hatte, bei der Eruption in die Luft gegangen. Nichts kann die See aufhalten, die sich darein ergießt. Jetzt ist ein anderer Ton zu hören, ein seltsamer, gespannter, schriller Ton, wie das Summen eines mächtigen Insekts; er wird lauter, immer lauter, bis er jeden Winkel ausfüllt, und es auf der ganzen Welt für nichts anderes mehr Raum geben kann. Es ist der Klang der sterbenden Stadt. Und dann bricht er abrupt ab, mit einem gräßlichen *Knall*, prallt auf die plötzliche Stille, auf die furchtbares Schweigen folgt.

Und das Schweigen dauert an.

Der Himmel ist wieder blau, blau mit einer goldenen Sonne, und vor uns dehnt sich die Weite der See.

Auf die Insel Athilan gibt es nicht mehr den kleinsten Hinweis. Sie wurde verschlungen, geschluckt, sie verschwand unter der Oberfläche des Wassers, als hätte sie nie existiert.

Die Vision endete hier. Ram rührte sich nicht. Er kniete dort, wie von einer Keule getroffen. Durch seinen benommenen Geist liefen immer wieder die grauenvollen Bilder der letzten Stunde von Athilan.

Dann öffnete sich die Tür des Hauses der Salbung, und die drei Priester kehrten zurück. Der König war bei ihnen. Er trug keine Maske, und sein Gesichtsausdruck war starr und streng, als er sich über seinen Sohn beugte und ihn sanft auf die Füße zog. Ich konnte an seinem Gesicht ablesen, daß der König wußte, was Ram gesehen hatte. Er hatte es ja selbst, Jahre zuvor, bei seiner eigenen Salbung gesehen.

Dies ist also das Mysterium, in das man die Prinzen des Reiches einweiht, wenn sie vollends zum Mann werden. Ich weiß nicht, wie es geschieht, aber sie werden von den Fesseln der Zeit befreit und können ungehindert durch die Äonen schweben, erst zurück und dann auch in die Zukunft. Und ihnen wird das Schicksal gezeigt, das die größte aller Städte erwartet. Was für eine niederschmetternde Erfahrung! Zu entdecken, daß alles Streben vergeblich ist, daß Disziplin und Ehrgeiz, harte Arbeit und Planung, Gebete und Rituale letztendlich doch nur zum Untergang durch Feuer und Wasser führen! Warum dann die Mühe auf sich nehmen, um König zu werden?

Es ist doch alles sinnlos. Nichts, was man erreicht hat, wird dieses unausweichliche Wüten überstehen. Die Heimat wird im Meer versinken und vergessen werden. Was für eine grauenvolle Lektion!

Kein Wunder, daß das lähmende Bewußtsein der Niederlage Ram zusammengekrümmt erstarren ließ.

Als er mit seinem Vater und den drei Priestern

das Haus der Salbung verließ, ging er dennoch, wie ein Prinz gehen mußte, gerade aufgerichtet, die Schultern gestrafft. Aber seine Augen waren leer und sein Geist noch immer umfangen von Schwermut und Qual und kalter Verzweiflung. Und so ist es in den letzten drei Tagen geblieben. Eine scheinbar undurchdringliche Wolke tiefster Depression hüllt ihn ein. Er spricht mit niemandem, er ißt nichts, er bleibt in seinem Zimmer.

Ich kann nicht sagen, daß ich mich sehr viel besser fühle. Die Wellen von Trauer, Ungläubigkeit und Entsetzen, die Rams Geist absondert, sickern auch in meinen ein, und in mir ist alles grau und kalt. Ich kann mich nicht dazu durchringen, mich mit den üblichen fröhlichen Sprüchen aufzumuntern. Mit Gewalt hat man auch mich auf die Wahrheit gestoßen, die hinter allen Dingen liegt. Daß die Welt trotz all ihrer Schönheit, all ihrer Wunder, ein finsterer grausamer Ort ist! Wir sind umgeben von den herrlichsten Wunderwerken – auch ein *Spinnennetz* ist ein solches Wunder, Lora! –, aber eben auch von Gewalt, Wahnsinn, gräßlichen Krankheiten, plötzlichem Tod. Die gleiche Natur, die uns Berge und Flüsse und grünschimmernde Wiesen schenkt, bringt uns auch Hurrikane, Erdbeben und die Flut rotglühender Lava, die sich auf eine Stadt zuwälzt.

Daß Atlantis eines Tages zerstört würde, war

für mich ja kein Geheimnis, als ich hierherkam. Aber dennoch war es keine angenehme Erfahrung, aus nächster Nähe zu erfahren, wie das Wissen über die unausweichliche Zerstörung der Stadt jemandem zugetragen wird, der sein ganzes Leben damit verbracht hat, sich darauf vorzubereiten, ihr König zu werden.

Ich wünschte, ich könnte etwas für ihn tun. Aber er will nicht einmal mit mir reden. Meine zaghaften Anläufe zum Herstellen des geistigen Kontakts werden mit grimmigem Fauchen zurückgeschmettert. Er muß diese Sache allein durchstehen, ganz allein.

Ich vermute, die Athilanter sehen in der Salbung einen notwendigen Bestandteil bei der Erziehung eines zukünftigen Darionis. Aber in meinen Augen sieht das im Moment eher nach sinnloser Quälerei und Desillusionierung aus. Es zieht einem total den Teppich unter den Füßen weg.

Jeder hätte wohl gern die Möglichkeit, in die Zukunft zu sehen, aber diese Menschen haben sie, und nun sieh dir an, was sie damit anrichten. Wenn ich der zukünftige große Darionis von Athilan werden sollte, dann sollte man mir doch besser das Wissen ersparen, daß der ganze Kram dazu verdammt ist, plötzlich den Bach hinunterzugehen, und daß niemand etwas dagegen tun kann.

Ich habe übrigens Deinen letzten Brief bekommen, kurz bevor das hier alles passiert ist.

Es freut mich, daß Du meiner Theorie beipflichtest, die Athilanter seien aus einer anderen Welt gekommen. Jemand anders hätte vielleicht nur die Schultern gezuckt und gesagt, der arme Roy ist völlig verrückt geworden. Du bist statt dessen hingegangen und hast in Statthalter Sippurilayls Erinnerungen an seine Schulstunden in Geschichte nachgesehen und herausgefunden, daß man ihm die gleiche Geschichte erzählt hat wie Ram.

Natürlich heißt das nicht unbedingt, daß sie wahr ist, aber ich glaube daran und Du anscheinend auch.

Danke für Deine Unterstützung. Ich muß Dir ja nicht sagen, wieviel Du mir bedeutest, wie sehr ich Dich vermisse, wie sehr ich mich danach sehne, Dich wiederzusehen.

Und danke auch für die korrigierte Kalenderausgabe. Mit Hilfe der Daten, die Du mir geschickt hast, konnte ich mich endlich hinsetzen und alles so ausarbeiten, wie ich es schon vor langer Zeit hätte tun sollen. Ich habe gemerkt, daß meine Zeit in Atlantis nun beinahe vorüber ist.

Sechs Tage noch, vielleicht sieben, und sie zerren uns zurück in unsere schlafenden Körper zu Hause in unserer Zeit. Wir werden also wirklich bald wieder zusammen sein.

Ich freue mich darauf – gar keine Frage. Aber ich verlasse Atlantis ungern zum gegenwärtigen Zeitpunkt.

Meine Güte, das waren wirklich ein paar lausige Tage.

Alles, alles Liebe –

– *Roy*

◇ ZWÖLF ◇

42. TAG, GOLDENE TAGE, GROSSER FLUSS.

Dies ist mein letzter Brief. Wir werden bald daheim sein. Du wirst ihn nicht einmal zu lesen bekommen, denn er kann Dich da draußen in Naz Glesim nicht mehr erreichen, bevor wir gehen.

Aber ich muß all dies niederschreiben, um es in meinem eigenen Geist zu sortieren. Ich kann mir wenigstens einbilden, Du bekämst ihn nächste Woche, auch wenn das nicht der Fall ist.

Ich habe wieder die Vorschriften verletzt. Ich fange langsam an zu glauben, daß ich an einer Art Zwang leide, allem zuwider zu handeln, was wir gelernt haben, als wir Zeitforscher wurden.

Ich hatte einfach beschlossen, die kurze Zeit, die mir noch in Atlantis verblieb, zu nutzen und die Stadt vor dem Verderben zu retten, das ihr drohte. Jawohl. Ganz allein würde ich diese großartige Zivilisation vor dem Untergang bewahren.

Das heißt natürlich nicht, daß ich mir ein Verfahren ausgedacht hatte, wie man den Vulkan in die Luft jagen oder das Erdbeben verhindern könnte. Ich bearbeitete nur Prinz Ram, versuchte ihn zu überzeugen, daß er eine Evakuierung an einen sicheren Ort anordnen mußte, solange noch Zeit war.

Ich sollte Dir noch sagen, daß Ram mittlerweile wieder aus seinem Zustand tiefster Melancholie erwacht ist. Am fünften Morgen nach dem Ritus der Salbung erwachte er in ruhiger, fröhlicher Stimmung. Er betete, schwamm ungefähr acht Runden im Becken des Palastes, nahm ein üppiges Frühstück zu sich, traf sich mit seinem Vater und ging einen kolossalen Stapel offizieller Berichte durch, die von ihm abgesegnet werden mußten. Es war so, als hätte der Ritus der Salbung nie stattgefunden. Er war wieder ganz der Alte. Keine Spur mehr von dem finsteren, verbitterten, gelähmten Zustand, in dem er sich seit dem Tag der furchtbaren Entdekkung befunden hatte.

Das ist anscheinend das übliche Verhaltensmuster des Prinzen. Du erinnerst Dich doch daran, wie aufgebracht er war, als er herausfand, daß sich ein ›Dämon‹ in seinem Geist versteckt hatte? Zitternd und bebend hatte er die Hände an den Schädel gepreßt, um mich daraus zu vertreiben. Aber dann hatte er sich wieder vollkommen beruhigt. Im Labyrinth war er ebenfalls zunächst reichlich aufgeregt, als er versuchte, mich mit diesem Exorzismus loszuwerden; nachdem er jedoch einmal seine vergebliche Mühe erkannt hatte, kehrte schon bald seine gute Laune und seine Gelassenheit wieder, so daß ich schon im Zweifel war, ob er noch an meine Anwesenheit glaubte. Er ist außerordentlich zäh und seelisch ausgeglichen. Wenn er etwas Seltsames erlebt, das ihn zutiefst erschüttert, dann arbeitet er in seiner steten, bestimmten Art daran, erlangt die Kontrolle darüber und hat schon bald sein inneres Gleichgewicht wieder. Und dann ist für ihn alles wieder gut.

Er sprach zu mir: *Du bist in letzter Zeit sehr schweigsam, Zauberer.*

Ich dachte auch nicht, daß du was von mir hören wolltest. Du hattest genug am Hals.

Du hast gesehen, was ich sah? Den Untergang der Stadt?

Ja.

Und was glaubst du, Zauberer? Du kennst alles, was sein wird. War dies ein Abbild der Wirklichkeit? Oder nur ein schlechter Traum, ein Alptraum, dazu gedacht, mich zu prüfen?

Ich hätte ihm vermutlich an dieser Stelle falschen Trost spenden können. Ich hätte lügen können, behaupten, daß das, was er gesehen hatte, nur ein Fiebertraum war, eine Phantasievorstellung, daß Athilan ewig und drei Tage bestehen würde. Aber ich kann nicht gut lügen. Und ich weiß, daß er keine Lügen von mir hören wollte, keine Beschwichtigungen, die ihm eine kurze Zeitlang ein gutes Gefühl vermittelt hätten.

Also sagte ich: *Die Stadt wird untergehen, Prinz.*

Wahrhaftig.

Wahrhaftig. In meiner Zeit wird man nur noch wissen, daß sie einst existierte. Und viele Menschen werden selbst das nur für ein albernes Märchen halten.

Zerstört und vergessen.

Ja, Prinz Ram.

Er schwieg einen Augenblick. Aber als ich seine Gefühle abtastete, da fand ich keinen Rückfall in die Schwermut, die ihn in den Tagen nach dem Ritus der Salbung umfangen hatte. Er war ruhig und nicht mehr zu erschüttern.

Schließlich fragte er: *Wie weit liegt der Tag des Untergangs in der Zukunft, Zauberer? Zehntausend Jahre? Fünftausend?*

Vielleicht zehntausend Jahre, vielleicht viel weniger.

Es könnte auch dieses Jahr geschehen?

Ich weiß es nicht, Prinz.

Ein Zauberer sollte die Zukunft kennen.

Daß du mich für einen Zauberer hältst, macht mich noch nicht dazu. Was du als Zukunft bezeichnest, ist für mich ferne, nebelhafte Vergangenheit. Ich habe keine Möglichkeit, festzustellen, wann Athilan unterging. Glaub mir, Prinz.

Wieder Schweigen. Dann sagte er:

Ich glaube dir, Zauberer.

Und dann ging es mit mir durch: *Prinz, du mußt deine Stadt retten, solange noch Zeit ist.*

Sie retten? Wie könnte ich sie wohl retten?

Verlaßt diese Insel. Führe dein Volk hinüber aufs Festland. Baut ein neues Athilan an einer Stelle, die absolut sicher ist. Und es wird ewig bestehen.

Ich spürte, wie sich unterschwellig Staunen in ihm ausbreitete, und ich kann Dir sagen, ich war nicht weniger verblüfft darüber, was ich hier tat. Aber ich konnte es nicht ändern, Lora; ein irrsinniges Entzücken über meinen Plan hielt mich gepackt.

Ich machte ihm Vorschläge, wo er sein neues Atlantis errrichten sollte. *Geht nach Nordafrika,* sagte ich, *dort ist es warm. Da gibt es ein Land genannt Ägypten, in dem mächtige Ströme fließen, die aus dem Herzen des Kontinents kommen. Eure Schiffe können leicht dort hingelangen, wenn sie ostwärts und dann südwärts segeln. Das Land ist fruchtbar. Ihr habt Zugang zum Meer. Es gibt Steine zum Bauen. Du kannst ein neues Reich schaffen, eines, das sich über die ganze Welt ausbreitet.*

Oder, fuhr ich fort, *geht weiter nach Osten, bis an einen Ort, der Mesopotamien heißt. Dort gibt es zwei Ströme, und es ist auch warm, und das Land ist vielleicht sogar noch fruchtbarer als Ägypten. Und von dort könnt ihr euch weiter nach Osten ausdehnen, bis zu einem Land namens Indien und einem, das China heißt. Es wird euch dort besser gehen als in Europa – als hier auf dem Festland. Europa wird noch Jahrtausende lang im Eis eingeschlossen sein. Aber China – Indien – Ägypten –*

Ich war besessen, Lora.

Ich mischte mich aufs gröbste in die Vergangenheit ein. Nicht nur, daß ich die direkte Verbindung zu meinem Wirtskörper hergestellt hatte, ich versuchte hier auch noch, ihn auf einen Weg zu drängen, auf dem er zweifellos den gesamten Ablauf der Geschichte ändern würde! Von meiner eigenen Brillanz beflügelt, riet ich ihm, hinzugehen und lange vor den Pharaonen Ägypten zu gründen. Oder sogar noch besser, sein neues Königreich in Sumer oder Babylon zu errichten und dann den Orient zu kolonisieren und ein zweites athilantisches Imperium zu errichten, das so mächtig werden könnte, daß es bis in unsere historische Zeit hinein überdauern würde.

Wie wär's damit? Ein herrliches, sich ausbreitendes Königreich, regiert von Außerirdischen, das die Welt die nächsten zwanzigtausend Jahre hindurch beherrschen würde, während kein Ereignis aus unserer ›realen‹ Geschichte die geringste Chance gehabt hätte! Kein Griechenland, kein Rom, nicht England, nicht die Vereinigten Staaten – nur das ewige Athilan, allmächtig und alles beherrschend! Was für eine Vision! Was für ein Wahnsinn, Lora!

Ich bot ihm sogar an, Karten zu zeichnen. Ich bot ihm an, ihm Unterricht in Geographie zu erteilen. Ich versprach, mein Hirn nach jeder Einzelheit zu durchforsten, die ich über den Nahen Osten während der Steinzeit aufbieten konnte.

Er ließ mich eine ganze Weile rasen ...

Und dann sagte er schließlich: *Das ist eine außergewöhnliche Vorstellung, ein wundervoller Plan.*

Ja, bestätigte ich eifrig und war sicher, daß ich ihn überzeugt hatte.

Aber dann kam es: *Du weißt doch, daß ich so etwas nicht tun würde, Zauberer. Auch nicht, wenn ich schon heute der Große Darionis wäre und wüßte, daß die Katastrophe in zehn Monaten über uns hereinbricht.*

Es haute mich glatt um.

Das würdest du nicht?

Er lachte: *Warum glaubst du, zeigt man den Prinzen von Athilan diese Vision beim Ritus der Salbung?*

Ich stotterte völlig verwirrt: *Nun – weil – ich glaube, es ist – das heißt, ich vermute, um euch auf den Ausbruch vorzubereiten. Falls du zu der Zeit König bist, wenn es passiert. Damit du Rettungsmaßnahmen ergreifen kannst, eine sichere Evakuierung durchführen, etwas in dieser Art.*

Nein. Keineswegs.

Warum denn dann?

Er hielt einen Augenblick inne. Schließlich sagte er: *Um uns zu lehren, daß wir, auch wenn wir Könige sind, nichts sind in den Händen der Götter.*

Das verstehe ich nicht.

Dann bist du auch kein Zauberer.

Ich habe nie behauptet, einer zu sein.

Die Götter haben vorherbestimmt, daß Athilan

eines Tages untergehen soll, so wie sie den flammenden Tod von Romanien bestimmten. Glaubst du, wir wußten damals nicht ebenso gut, daß es geschehen würde? Aber daraus entsprang diese Stadt. Aus verlorener Größe erblüht neue Größe. Es ist unser Schicksal, Zauberer, von Zeit zu Zeit von den Göttern gezüchtigt zu werden, in Kummer und Leid aus unserer Heimat vertrieben zu werden, um neu anzufangen, um etwas zu schaffen, was nie zuvor existierte, um etwas zu ersetzen, das von uns genommen wurde. Glaubst du, wir wagen es, uns den Göttern entgegenzustellen? Glaubst du, wir wagen es, ihren Willen zu mißachten? Wir müssen annehmen, was uns gegeben wird. Das ist die Lehre des Ritus der Salbung. Das mußte ich lernen, wenn ich eines Tages der Große Darionis sein wollte. Die Vision war tatsächlich eine Prüfung. Und ich habe sie bestanden.

Deine Vorfahren wußten, daß Romanien zerstört würde? Und sie haben nichts unternommen, um sich zu retten?

Sie bauten sechzehn Schiffe und beluden sie mit allem, was möglich war. Den Rest ließen sie zurück, damit er sich den Flammen stellte. Und wenn die Katastrophe die Insel Athilan heimsucht, dann werden Schiffe bereit stehen, und wir werden wieder einmal retten, was wir können. Alles andere wird erneut unwiderbringlich verloren sein.

Ich war völlig durcheinander. *Ich kann nicht glauben, daß ihr hier einfach wie die Schafe herumlauft und nichts unternehmt, obwohl ihr in die*

Zukunft sehen könnt und genau wißt, daß dort die Vernichtung auf euch wartet.

Sage mir eins, Zauberer, in deiner Zeit, sterben da die Menschen noch immer?

Ja. Natürlich.

Und dennoch befaßt ihr euch mit dem täglichen Leben, verrichtet eure Arbeit und macht Pläne für die Zukunft und trachtet ständig danach, euch zu verbessern, obwohl ihr wißt, daß ihr in zwanzig oder dreißig oder fünfzig Jahren gewiß tot sein werdet. Ihr gebt nicht auf und legt euch nieder, wenn ihr gelernt habt, daß der Tod euch sicher ist, und laßt von dem Tag an in eurem Streben nach?

Das ist nicht das gleiche, beharrte ich. *Das Individuum muß früher oder später sterben, aber die Familie besteht weiter, die Nation besteht weiter, die Welt besteht weiter. Jeder von uns leistet seinen Beitrag in der Zeit, die ihm bemessen ist. Was haben wir sonst auch für eine Wahl?*

Und wenn ihr wüßtet, daß die ganze Welt am Tage eures Todes unterginge? Würdet ihr dann alles aufgeben, weil es keinen Sinn mehr hätte, Zauberer? Oder würdet ihr fortfahren, zu arbeiten und zu planen?

Seine Argumentation schien mir verkehrt zu sein. *Aber es geht hier nicht um die Zerstörung der ganzen Welt. Es geht um eine Insel, die von der Katastrophe betroffen ist, und darum, daß die Menschen vorgewarnt sind und nicht bereit, sich trotz dieses Wissens woandershin zu begeben. Das ergibt für mich keinen Sinn.*

Nur die Könige wissen von dem drohenden Untergang. Keine andere Seele.

Selbst dann. Wenn die Könige es wissen, so ist es ihre Pflicht, ihr Volk zu retten.

Und soll der König den Willen der Götter mißachten? fragte Ram. *Wir müssen nehmen, was kommt. Und die Lektion gründlich lernen, die die Götter uns zu lehren wünschen.*

An dieser Stelle gab ich es auf. Ich begriff plötzlich: Diese Menschen waren wirklich *außerirdisch.* Ihr Hirn arbeitet nicht wie unseres. Sie sehen die Dampfwalze kommen, und sie weigern sich, aus dem Weg zu gehen. Es ist der Wille der Götter, sagen sie. Und damit hat es sich. Reiner Fatalismus. Eine solche Philosophie ist für mich nicht leicht zu verstehen. Aber ich bin schließlich auch nur ein Besucher hier.

Und mein Besuch ist beinahe vorbei. Ich spüre, wie das Band schwächer wird. Schon bald werde ich zurück sein, meinen Bericht abgeben, meine eklatante Fehlschätzung eingestehen und mich dem Gericht unterwerfen, das über mich gehalten werden wird. Wenn ich Glück habe, wird alles glimpflich abgehen. Ich bin nicht der erste Zeitreisende, der der Versuchung nicht widerstehen konnte, seinem Gastgeber ernstere Probleme vom Hals zu halten. Wir sind schließlich nur Menschen.

Und was wird hier wohl geschehen?

Nun, Atlantis wird zerstört werden. Das war von Anfang an klar. Vielleicht noch in Rams Regierungszeit, vielleicht unter der Regentschaft von einem seiner Enkel – aber es ist zweifellos unausweichlich. Es wird Feuer regnen, das Meer wird sich erheben, und die Insel wird verschlungen werden. Das ist auch der Augenblick, in dem das Königreich sein Ende gefunden hat.

Aber ein paar Schiffe werden entkommen, da bin ich sicher.

Wo werden sie hinfahren? Nach Ägypten? Oder Mesopotamien?

Werden sie leben, um eine weitere Zivilisation zu errichten, die auch wieder untergehen wird, aber der es gelingt, ein paar Fragmente weiterzugeben, bis unsere Welt, die Welt, die wir ›modern‹ nennen, Gestalt angenommen hat? Irgendwo in unserer eigenen heutigen Welt leben die Nachkommen dieser Athilanter. Auch daran glaube ich fest. Diese ewigen Wanderer, diese Flüchtlinge aus vielen Epochen – sie werden sicher überdauert haben und unter uns leben.

Aber jetzt haben sie wohl ihre eigene Geschichte vergessen. Sie wissen nicht mehr, daß ihre Vorfahren aus einer anderen Welt kamen, um unter uns ›Drecksleuten‹ zu leben, daß sie einst das größte Reich errichteten, das es jemals gegeben hat und von dem keine Spur geblieben ist. Es ist für ewig verloren, hier weit draußen in den fernen, verschütteten Korridoren der Zeit.

Aber das ist auch nicht wichtig, denn letztendlich verschlingt alles die Zeit. Dynastien vergehen. Was zählt, ist letztendlich nur die Beharrlichkeit. Der Geist überlebt und beginnt von neuem, wenn Paläste wanken und Könige in Vergessenheit geraten.

Und das ist es, was ich aus dieser phantastischen Zeitreise gelernt habe, Lora. Du hast da draußen unter den Mammutjägern in ihren Knochenhäusern erlebt, was es heißt, gegen eine feindliche Natur zu kämpfen und zu überleben. Auch hier im strahlenden Athilan habe ich herausgefunden, wie unwirtlich das Universum sein kann und wie hartnäckig wir Sterblichen in unserem Kampf ums Überleben.

Ram weiß, daß ich ihn bald verlasse und in eine ferne Zukunft entschwinde, die er sich nicht einmal im Traum ausmalen kann. Ich wüßte gern, ob er seinen ›Dämon‹, seinen ›Zauberer‹ vermissen wird. Ich denke doch.

Denn daß ich ihn vermissen werde, weiß ich. Er ist der anständigste Kerl, den ich je gekannt habe. Und ich glaube, er wird der größte Große Darionis, den das Imperium von Athilan je gehabt hat.

Das ist also die ganze Geschichte. Es wird jetzt langsam Zeit zu gehen, Liebes. Ich werde Dich bald sehen, in nur etwa zwanzigtausend Jahren. Ich hoffe, daß da eine Pizza auf uns wartet, wenn wir ankommen.

ENDE

BASTEI LÜBBE
Das Programm voll Fantasy
MARGARET WEIS & TRACY HICKMAN
DAS DUNKLE SCHWERT
Die große Saga um Joram, den verbannten Königssohn, und seinen Kampf gegen Macht und Magie.
Faszinierende Fantasy von den erfolgreichsten Autoren des Genres.
MARGARET WEIS
Todes
Fantasy-Roman
ISBN 3-404-20159-0
DM 7,80
MARGARET WEIS & TRACY HICKMAN
Sohn der Verbannten
Fantasy-Roman
ISBN 3-404-20161-2
DM 7,80
MARGARET WEIS & TRACY HICKMAN
Der Weg nach Merilon
Fantasy-Roman
ISBN 3-404-20171-X
DM 7,80
MARGARET WEIS & TRACY HICKMAN
Der Fluch der Wahrheit
Fantasy-Roman
ISBN 3-404-20173-6
DM 7,80
MARGARET WEIS & TRACY HICKMAN
Die Engel des Untergangs
Fantasy-Roman
ISBN 3-404-20183-3
DM 7,80
MARGARET WEIS & TRACY HICKMAN
Der Herrscher von Merilon
Fantasy-Roman
ISBN 3-404-20185-X
DM 7,80